紅衣小女孩

都市傳說系列 02

笭菁 著

都市傳說2：紅衣小女孩

楔子

銀色閃電劈開天際，發出低沉轟隆的聲響，數秒之後大雨傾盆，雨滴勝比豆大，滂沱而下，一時之間視線模糊，所有人紛紛就近找附近的遮蔽處躲去。

「靠！這雨是用倒的嗎？」男學生得用吼的，身邊的同學才能聽見，「撐傘也沒用吧！」

他們連傘都沒有，瑟縮的躲在小小的帆布簷下，剛剛才開心的挑好鹽酥雞，數秒內大雨居然降下，連點準備都沒有，幸好他們的機車剛剛停在廊下，至少避免座墊全濕。

「嘉祥，我是有帶雨衣啦，你要不要先去買個便利雨衣？」彭宏達指了指斜對面的便利商店，「雖然沒什麼太大用處，但總比頭部淋雨好！」

「靠！」游嘉祥低咒著，用手護著頭，往斜對面衝去。

那雨大到根本才五步就快全濕了，眞是難以想像的暴雨，便利雨衣的確起不了太大作用，可是他們要去看電影，現在是十一度的天氣，他們可不想當一隻落湯雞，坐在冷氣開放的電影院裡四個小時。

山下有二輪電影院，兩片聯播只要兩百，約好買零食進去好好放鬆一下，誰曉得突然下起大雨！

游嘉祥穿上輕薄的便利雨衣跟同學會合，一樣半奔跑的往騎樓去，沒幾步路兩個人根本褲子全濕，猶豫著是否要現在騎車出去。世界根本成了白色水霧，大家紛紛停進來避雨，他們硬要出去好像挺怪的。

問題是，就快開演了說……

「郭岳洋問我們在哪裡了！」游嘉祥看著手機裡的LINE，「他到了！」

「好啦，叫他先買票，我們已經買好鹽酥雞要下去了。」彭宏達趕緊穿戴起厚重的雨衣！

男生用手機打著字，請先到的同學先行購票，他們隨後就到！

冒著大雨將機車往外牽，另一個人也趕緊跨上，所幸他們都是半罩安全帽，至少前頭還有塊塑膠板可以擋雨，省得雨水進入眼睛就什麼都看不見了……只是，這天色也沒好到哪裡去，大雨不停打在塑膠板上，視線還是很模糊啊！

馬路上行車稀少，他們算是勇者一族，背後根本全濕了，輕便雨衣只是罩好看的，亂噴灑的雨水照樣從空隙倒進身體裡，怎一個寒字了得！

前方陡坡，路上都變成瀑布了，高大男生儘管壓死煞車，機車還是飛快地往前滑，這裡沒下雨時就蠻危險了，下起雨來簡直驚人，路的終點是個急右轉，銜接的是另一個更陡的下坡路段。

彭宏達隻手抹去塑膠鏡上的雨水，眞的是什麼都看不——在白濛濛的前方，大燈照耀之處，突然出現了一抹紅影！

「哇！」他緊急想扭轉龍頭，但是根本來不及！

軋——煞車聲刺耳，後座的游嘉祥驚恐得不明所以，只知道整個人差一點點就飛出去了！

「幹！彭宏達！」他下意識緊抓住騎士的雨衣，「你是怎樣？」

「撞到人了啦！」彭宏達說得慌張，因爲按距離應該是撞上了，可是他卻沒有感受到任何撞擊！

「蝦米！」游嘉祥嚇了一跳，他趕緊跳下車，左顧右盼。

問題是，這條坡路上，除了大到變成瀑布的路之外，沒有什麼東西啊？兩個男生甚至回首走了幾步，雖說一旁是小山溝，可是他們離路邊還有段距離，最重要的是，他剛剛沒有感覺到撞到什麼、或碾過什麼。

「你是不是搞錯了？沒人啊？」游嘉祥說著，「你自己看！」

「唉……」彭宏達緊皺著眉，他其實自己也搞不清楚發生什麼事，「我剛眞的有看到一個人經過，他穿紅色的我不可能看錯啊！」

「是在哪？」

「就、就應該在這邊啊！」他慌亂的說，「雨太大我沒看清楚，可是看到時就趕緊煞車了，但是根本來不及！」

這話說得游嘉祥只覺得莫名其妙，他認眞的又走返回去好幾十步，還得冒著隨時有車彎下來的危險，可是地上就是沒有任何被撞倒的人影。

「你眼花了啦！」游嘉祥最終做了結論，「不然，搞不好捲了什麼紅色的外套還是圍巾過去，你就以爲是人！」

「呃……」彭宏達愣愣的想著，這不無道理啊，現在風雨這麼大，捲走什麼東西都難說，很有可能只是飛過的衣服甚至只是被刮走的帆布而已。

只是……即使在一瞬間，他彷彿看到那個人轉過來……也有著五官臉孔啊！

「快走了啦！在這邊淋雨凍死了！」游嘉祥催促著，兩人才趕緊重新跳上機車。

這會兒整台機車座墊都濕透了，他們也沒辦法處理，重新發動機車往山下去。

雖然彭宏達還是覺得哪裡怪怪的，腦子裡回想著剛剛那一幕，畢竟那個紅色的東西不像是用飄的，像是用走的……

後面的游嘉祥伏低頸子，簡直把同學當山一樣的躲在他身後，雨水劈里啪啦的打在安全帽上吵得要死，而且眼蓋還有縫隙，雨水一直灌進來，搞得他戴著安全帽還得一直抹臉！

「又LINE……郭岳洋是在催什麼啦！」

「就快到了啊！」彭宏達大喊著。

游嘉祥從口袋裡拿出手機，按在LINE的語音留言上，用吼的應該也能收音吧，順手喬了一下安全帽，再往前些，看能不能遮住……咦？

在他移動安全帽時，瞥見了後照鏡，怎麼有個人追在他們機車後面呢？他瞇起眼定神瞧著，白霧大雨中，那個人穿著紅色的雨衣耶！

紅色的？

「喂，你剛剛說看見的是穿著紅色雨衣的人嗎？」游嘉祥緊張的揪住前方同學的衣服。

彭宏達愣了一下，為什麼突然問這個，「好、好像是！」

「幹！是不是真的撞到人了！他追過來了！」游嘉祥指向後照鏡，「追著我們機車跑！」

「靠夭怎麼可能，現在下坡我時速四十，是誰可以——」彭宏達往後照鏡瞥了一眼，「追上……」

紅色的身影出現在後照鏡裡，正在狂奔，真的就是在追他們！

只是，那個跑步姿勢異常詭異，人影不大，他不僅是手刀衝刺，每一步都像大跳一樣的在馬路上飛奔……

後座的游嘉祥還忍不住回頭，這一回頭卻傻了。

「快閃！快點！」他驚恐的大吼著，「幹！我們後面沒有人！」

「什麼沒有人！」彭宏達還想停下，「人都追上來了，我們如果跑的話就叫肇事逃逸！」

彭宏達邊喊邊減速，趁機回頭一瞥……沒有人。

大雨中並沒有任何紅色的人影，但是他再次往後照鏡看去，那個手刀疾奔的身影卻越來越近了！

這一瞬間，他們什麼都明白了！

只出現在後照鏡裡的「人」，這還需要想嗎？

彭宏達二話不說的立刻加足油門往前衝去，但是紅色的人影卻跑得比剛剛還快，游嘉祥緊緊揪著同學的衣服，看著紅色身影由遠而近，幾乎就要來到他身邊了啊——

後照鏡終於映出了來人的臉龐，那是……

「哇啊啊啊——」

叭——

第一章
雨夜車禍

女孩離開浴室，頭髮包著髮巾，穿著寬鬆的睡衣步出，白皙的臉龐因爲熱氣而呈現淡粉色，姣好的臉龐若認眞妝扮絕對是正妹等級，身材更是一流，睡衣下的身體線條迷人，但都是肌肉。

她住在校外家庭式租屋，四個人合租一層五十坪大的房子，四房兩廳三衛，算是相當奢侈的住宿環境，結果只收她三千元月租。

這種好康難找，因爲屋子是學生自家所有，而且還是她社團的社長。

踏出浴室，客廳裡坐著黑色短髮的男孩，他正在轉著遙控器，一台換過一台，每一台停留不到五秒鐘。

「喂，你是在看電視還是在轉電視？」她沒好氣的說著。

「啊？」毛穎德轉過頭，「我覺得怪怪的！」

「怪怪的？」她拖著步伐走向冰箱，「什麼怪怪的？電視機還是遙控器有問題？」

「心神不寧。」毛穎德簡短幾個字，讓馮千靜挑了眉。

「哦～」她挑起一邊嘴角笑著，「你是感覺過剩啦，應該是因爲這場大雨的關係吧？」

毛穎德擰著眉，說不上來怎麼回事，就是一整晚都覺得忐忑；另一間房門打

開，走出的是一頭褐髮、還有張可愛臉龐的男孩，他打著呵欠步出，看來才經過一番奮戰。

夏玄允，大家都叫他夏天，這間房子是他家的，萌系少年可愛天眞無邪……假的。

「好累喔！做報告會死人的！」他有氣無力的拖著步伐出來，瞥了牆上的鐘一眼，「洋洋還沒回來喔？」

「嗯？是喔！」馮千靜看著正對面緊掩的房門，「我不知道他出去。」

她八點才回來，不清楚室友不在，只覺得一晚上都沒聽見郭岳洋的聲音很詭異。

這三位就是她的室友，是的，她的確跟三個男生住在一起。

從小就在男孩子堆裡長大，她不感到怪異也不會擔心，這三個男生原本就是一起長大的麻吉兼同社團的；而她，不幸的也是同社團，單純因爲一次疏忽，答應眼前這個可愛男生當幽靈社員後，就一腳踏進不歸路。

「都市傳說社」，這種社團只讓她覺得莫名其妙，當初完全是同情的簽一簽社員同意書，誰曉得都市傳說這種事不但有，還眞的有不少人親自嘗試……當發現傳說眞有其事後，她就用全新的角度看待他們了。

「他跟同學去看電影了，照理說散場了啊！」夏玄允回身想拿手機，「我想叫他買宵夜，說好散場打給我的。」

「我要吃蔥抓餅！」毛穎德還在轉電視。

馮千靜聳肩直接往房間走去，她不吃宵夜的。

門鎖突然轉動，大家不約而同往門邊看去，木門一推，走進的是渾身濕透的男孩，雨水將他凍到臉色發白，男孩全身抖個不停，顫巍巍的看向大家。

「洋洋！」夏玄允立即朝他走過去，「你怎麼了？不是有帶傘出去嗎？」

坐在沙發上的毛穎德直起身子，蹙著眉看向郭岳洋，那個平時看起來天真活潑的人，現在慘白得彷彿看見了什麼……

馮千靜鑾不在乎的搓著頭髮，「雨根本用倒的，撐傘也沒用吧！郭岳洋，大家都洗好了，你快去洗吧！省得感冒了。」

轉過腳跟，眼尾瞥見無聲電視，她突地止步，向後退了幾步。

電視轉到新聞台，黑夜中大雨不斷，警車的燈刺眼，記者狼狽的裹著雨衣在做連線報導，背景一片漆黑看不清楚，但是後面那個轉角的機車行招牌不是附近那間永豐嗎！

「喂，毛穎德，大聲一點！」她忽地後退，指著電視喊，嚇了毛穎德一跳。

嘖！他把遙控器扔在沙發上起身，馮千靜率性的一屁股栽進沙發裡拿起來按，夏玄允旋身跑進郭岳洋的房間拿大毛巾給他，但是淋雨的男孩卻只是站在門口，雙手環抱著自己，一句話都沒說。

「這是學校另一邊往山下的機車行耶！」馮千靜指著電視喊著，「出事了！」

她的叫喚引起其他人注意，大家紛紛往電視看去，跑馬燈顯示著學校外側發生車禍，兩名死者都是學生，疑似天雨路滑，視線不良，因而直接摔車，竟直接滑進迎面轉彎上坡的砂石車底下。

「土木系？」毛穎德怔住了，直覺看向郭岳洋，「你們系上的？」

「彭宏達跟游嘉祥，郭岳洋你認識嗎？」馮千靜唸著新聞秀出來的名字。

「咦？彭宏達跟游嘉祥？」夏玄允緊張的湊過來，立刻驚訝的回頭看向郭岳洋，「你們晚上不是去看電影嗎？」

什麼？馮千靜驚訝的看著郭岳洋，晚上一起去看電影的同學嗎？可是……事發時間是七點，所以在看電影之前就出事了！

「天哪，洋洋！」夏玄允立刻衝過去，「發生事情了嗎？你在電影院等他們？還是去警局了？」

郭岳洋總算點了點頭，一時之間淚如雨下！他難受得哭了起來，語焉不詳的說著話，看來受了不少驚嚇。

「我等不到他們，可電話就是打不通……後來我騎車上山就看見、看見救護車在那邊了！」

夏玄允忙不迭拉開餐桌的椅子讓他坐，急急忙忙的往廚房裡衝，想倒杯熱水給他喝。看著他橫過自己面前進入廚房，馮千靜就會覺得夏天挺體貼細心的！

「那條路本來就很危險，加上雨太大了，才會發生意外吧！」馮千靜嘆了口氣。

「才不是！」郭岳洋忽然衝口而出。

嗯？馮千靜狐疑的看著激動的室友，電視都說是天雨路滑，砂石車駕駛剛正在接受採訪，說他一左轉上坡，機車就迎面衝過來了！

毛穎德用眼神示意她少說兩句，死者跟郭岳洋平常感情不錯，都能約好一起去看電影，卻在途中遭逢變故，他一時難以接受也是正常的！他伸手拿過她手裡的遙控器，將音量轉小，記者還在播報這起危險車禍，外頭依然大雨不斷，現場只看得見砂石車、破損的機車，還有……

蹲在砂石車旁，一個紅色的身影。

攝影鏡頭正拍攝著，那身影看起來只是小女孩，長長揪結的黑色頭髮披散著，她彎下頸子，像是朝輪子底下探去似的！

「現場怎麼有小孩？」馮千靜指著電視新聞問，這太離譜了吧！她都要鑽進車底下了。

她也看見了？毛穎德暗自倒抽一口氣，啪的關掉電視。

咦？搞什麼？馮千靜錯愕的向左上方看去，新聞正在報導，他幹嘛關掉？只是一抬首，就面對到毛穎德嚴肅的臉。

又搞什麼神祕？她嘖了一聲，起身往餐桌走去。

夏玄允沖了杯熱呼呼的巧克力出來，郭岳洋雙手握著馬克杯，身子依然抖得厲害。

「這樣不是辦法，你應該要去沖熱水澡的！」馮千靜看著他到現在還在滴水，「你後來是跟去醫院還是警局嗎？怎麼會淋成這樣？」

「洋洋，慢慢喝。」夏天倒是比馮千靜溫柔許多，「不要急，慢慢來……你沒去看電影的話，去哪裡了？怎麼到現在才回來？」

「我去……醫院了。」郭岳洋緩緩說著，「我不敢相信他們眞的、眞的出事了！他們明明說買好鹽酥雞要我先買票的，而且、而且也說他們已經下山了！」

夏玄允嘆口氣，天有不測風雲，這種意外難免，怎能預料？

「沒事，沒事了。」夏玄允拍拍他的手，發現郭岳洋一隻手緊緊握拳，他試探性的掰開，他顫抖著張開手掌，裡面是三張濕透的電影票。

一看到電影票，郭岳洋悲從中來，鼻酸湧上的開始痛哭。

毛穎德擰著眉，也不知道該說什麼話安慰才好。

「他們說……有東西在追他們！我聽見了！」郭岳洋忽然喊出來，「他們才不是意外！」

咦？毛穎德顫了一下身子，下意識往電視那邊看去。

「什麼意思？」夏玄允覺得怪怪的，趕緊追問，「他們跟你說！他們什麼時候跟你說？」

郭岳洋吸著鼻子，從口袋裡拿出手機，調出了LINE的視窗，在跟兩位死亡同學群組裡，有著存檔的聲音訊息！

按下播放，郭岳洋顫抖著將音量調到最大聲。

『喂，你剛剛說看見的是穿著紅色雨衣的人嗎？』

『幹！是不是真的撞到人了！他追過來了！追著我們機車跑！』

『靠夭怎麼可能，現在下坡我時速四十，是誰可以——』

『什麼沒有人！人都追上來了，我們如果跑的話就叫肇事逃逸！』

『哇啊啊啊——』

「紅色衣服……」夏玄允雙眼忽然亮了起來，一把搶過郭岳洋的手機再播放了一次。

馮千靜跟著又聽了一遍，紅色雨衣？「剛剛電視裡那個嗎？」

「什麼電視!?」夏玄允倏地轉過來，一雙眼熠熠有光，馮千靜差點不能直視！

「就……剛剛新聞畫面拍到的，有個紅衣小女孩蹲在車子旁邊！」她緩緩說著，夏天這種口吻、這種異常興奮的態度，該、不、會……

她不安的瞄向毛穎德，他已經沉重的隻手掩面、眉頭深鎖了。

就見夏玄允飛奔到電視前，把剛關上的電視再打開，像是很認眞的想搜尋那個紅衣女孩的畫面；毛穎德嘆口氣搖著頭，要郭岳洋快點把巧克力喝完，滾進去洗澡。

「夏天。」郭岳洋抽抽噎噎，「我一直在想，是不是、是不是那個？」

那個？馮千靜腦子裡的警鐘開始敲響，不會吧！她看向身邊的毛穎德，「穿紅衣服的女生也可以算都市傳說嗎？」

都市傳說，在城市裡道聽途說、繪聲繪影的傳說故事，有驚悚有懸疑，有科學無法解釋的詭異現象，日本尤多，台灣也不少，連外國都有黑眼珠或無眼珠的少年。

而夏玄允對都市傳說異常著迷，郭岳洋與他臭氣相投，這兩個人特地成立「都市傳說社」，研究得可透徹了！她呢，就是不小心當了靈異社員，又不小心遇到之前室友試驗「一人捉迷藏」的都市傳說，才跟他們結下孽緣。

不過一次就受夠了，什麼都市傳說的她可一點都不想再碰！莫名其妙誰要去試驗或是探究什麼都市傳說啦！

「穿紅衣的小女孩啊，這是赫赫有名的傳說啊！」夏玄允聞言直接跳了起來，馮千靜覺得他眼睛亮到無法直視了，好刺眼！「從山裡到平地，小女孩依然在後面追著……」

呼，馮千靜翻了個白眼，擺擺手，先溜爲妙，「我是幽靈空殼社員，不關我的事，我要去睡覺了。」

毛穎德見狀，趕緊隨著她的步伐也要繞回房間，「不要再扯都市傳說了，沒有的東西搞到煞有其事。」

雖然是一起長大的，但毛穎德永遠是站在反對方，怪力亂神四個字他最常掛

在嘴邊。

「我看到了！」

冷不防的，郭岳洋突然吼了出來！

馮千靜瞪圓雙眼倏地回首，毛穎德面對著她，他一點都不想回頭……可惡！

「洋洋！你看到什麼了？」唯一最興奮的只有夏玄允，他握著郭岳洋濕濡的雙臂，興奮莫名。

「我到現場去時，看見紅衣小女孩了！」郭岳洋哭喊著，再度搶回自己的手機，滑了兩下，秀出了相片集！

我的天啊！馮千靜簡直不敢相信，這傢伙還敢拍照！

她忍不住趨前，順道拉了毛穎德回身，他被拖到手機前，看著那5吋大螢幕拍攝的昏黑天色，大雨幾乎遮去了所有視線，白濛一片……但是，紅色的影子卻是如此明顯。

小小的女孩，穿著紅色連帽短斗篷，就站在砂石車邊。

這也太清楚了吧！

今天第一堂課是早八，馮千靜起了個大早，照慣例先在房裡做晨間運動與拉筋伸展，外頭聲音不斷，相當熱鬧，記得今天人人都早上有課，因爲大家的課表都貼在冰箱上嘛，不過只有她是第一節啊！

馮千靜將一頭黑色獅毛弄得蓬亂，巴不得跟爆炸頭一樣，最好遮去她大部分的容貌，最後再把書桌上又大又粗黑框的眼鏡戴上，站在門後的鏡子前仔細打量著全身上下，寬鬆的T恤，皺垮的褲子，再套上羽絨衣，就根本沒人看得出她的身材體態了。

越邋遢越好，這才是她每天上學的必備戰鬥服。

回身從椅子上拉過包包，她沒忘記圍巾，冬天最讚了，裹上圍巾就可以把臉埋進去，便能再減少被人家看到的機會了！

拉開房門，餐桌邊果然正在忙碌，一桌子坐了三個男生吵吵鬧鬧，夏玄允正面對著她露出可愛的笑容。

「小靜早！」他熱情的吆喝著，「我把早餐買回來了，先吃再出門吧！」

馮千靜皺起眉，戒愼恐懼的打量著那過度燦爛的笑容，越無害越可怕，想當初夏天可是用這個無辜的笑容威脅她一起住的。

「你們在幹嘛？」她靠近餐桌，但是沒坐下來，呵欠連連的毛穎德身邊眞的留個位子給她，上頭擺了豆漿、蘿蔔糕跟蛋餅。

「妳說呢？」毛穎德不耐煩的回應著，一臉疲憊，「我昨天三點才睡，是在搞什麼……」

「今天是大日子啊！我們要去驗證都市傳說！」夏玄允興高采烈的大喊著。

馮千靜火速抓過早餐，二話不說直接朝門口走去，驗他的大頭！

「欸欸，小靜……」夏玄允趕緊跳下椅子，忙不迭的拉住她的揹帶。

「不許叫我小靜！」馮千靜惡狠狠的回頭，單手握拳，「你是被折得不夠嗎？」

馮千靜，法文系大一新生，看上去邋遢自閉、沉默寡言，事實上卻是個不折不扣的——女子格鬥冠軍！

這身打扮完全就是爲了不讓自己在擂台上的樣子被認出來，她有她的學生生涯要過，可不想被發現被追逐！

原本以爲可以瞞天過海……誰知道遇上這群「都市傳說社」的傢伙，更糟的是郭岳洋還是格鬥迷，身爲粉絲，大概只看她的鼻子都認得出來！

「夠夠……」夏玄允趕緊鬆手，上次他右手差點被折斷咧，「小靜，妳看洋洋那樣……幫幫他嘛！」

洋洋？馮千靜聽見這稱呼就起雞皮疙瘩，幾歲的人了稱自己同學叫洋洋，還在玩扮家家酒嗎？

「我沒事啦！」郭岳洋虛弱的說，「只是睡不好又一直做惡夢……有點累。」

她看向郭岳洋，果然與平常的活潑不同。他跟夏玄允對都市傳說異常著迷，這應該也算是「興趣相投」的一種啦，從國中就是好友，難得上大學又在同校，憑著這股熱情才一起創辦了「都市傳說社」。

個性活潑又任勞任怨，非常聽夏天跟毛穎德的話，簡單來說，他是「都市傳說社」的學藝兼總務兼工友兼打雜……扣掉「社長」這個職位，他全包了。

這樣的人今天卻連看她一眼都沒有，相當的陰沉，只怕是因爲昨天同班同學出車禍的緣故吧？相約一起看電影，連票都買了，卻永遠等不到了……因爲他們在砂石車底下，再也站不起來。

「幫什麼？」馮千靜倒是實事求是，「他需要的是時間療傷，同學出了意外，情緒上當然會受影響。」

「可是，那明明是——」夏玄允才想要喊出紅衣小女孩這幾個字，馮千靜立馬把他的嘴給摀住。

「少跟我講那些有的沒的，你要驗證都市傳說自己去，我是幽靈社員耶找我幹嘛！」馮千靜趕緊往門口溜去，「毛穎德，你說兩句啊！」

「說有用的話我坐在這裡幹嘛！」他沒好氣的說著，他都被挖起床了咧！

「小——」夏玄允急忙的嚷著，但是門砰的一聲就這麼關上了。

馮千靜早就說過她不想再沾惹什麼都市傳說！以前她就覺得這種傳說誇張到離譜！偏、偏，她上一個租屋處的室友，居然一票人也驗證「都市傳說」，一票人玩什麼一個人的捉迷藏！

玩到出了人命，玩到她超相信都市傳說這種玩意兒，然後？然後既然都遭遇過、她又受了傷，這種情況還能再碰嗎！

什麼「都市傳說」，最好都不要再跟她提！

更何況，昨天那兩個是摔車耶！郭岳洋拍的照片她也看見了，不管是現場圍觀民眾還是什麼的，她通通不想去證明！

「紅衣小女孩？」

馮千靜吃驚得瞪圓雙眼，才剛到教室坐下，通識課班上的同學寥寥無幾，居

然又聽見了她最不想聽的話。

「最近有人看見啊，就青山路那條，聽說有紅衣女生會在後面追！」

「眞的假的？青山路昨天晚上不是出事了嗎？」

「對啊，土木系的兩個男生啊！聽說卡在輪胎中，好慘……昨天雨眞的太大了！」

「因爲下坡又打滑吧，可是因爲最近那邊有傳聞，結果昨天又出事，害大家都覺得毛毛的！」

討論熱烈得很，聽起來看見紅衣小女孩的還不少啊！眞的有那號人物嗎？

這堂課是共同課，所以學生來自各系，馮千靜大部分都不認得，她習慣坐在最後一個位子，最好全世界都不要發現她。

「可是我記得紅衣小女孩的傳說不是在山裡嗎？」隔個走道，坐在她斜前方的馬尾女生嘟著嘴問，「爲什麼跑到馬路上了？」

「咦？」坐在她前頭的人們轉過來，有些詫異的看著她，「山？好像是厚？」

嗯，看起來是不認識的，應該不是同班，馬尾女生只是聽了好奇，所以提出問題。

「對啊，我也記得是山裡的事，好像以前有人用Ｖ８拍到家人身後跟了一個紅衣青面的女生。」她正前方的男生認眞的回想，「所以山中遇到紅衣小女孩都要避開。」

「我們學校是有點算是半山腰，可是跟登山不太一樣吧！」馬尾女孩聳了聳肩，「我覺得這會不會又是什麼都市傳說，大家以訛傳訛越傳越誇張？」

對對對，馮千靜在心裡連連點頭，她覺得就是這樣，看個影子就能描繪出一個故事，多半都是自己嚇自己。

上一次同學是親自拿「都市傳說」來玩，這種跟踩禁忌是一樣的找死行爲，但是紅衣小女孩這種傳聞，充其量就只是傳說吧？不是什麼玩法、也不會去觸犯人家，或許眞的是有小女孩穿著紅色外套，結果近視很深的人就繪聲繪影了！

馮千靜邊咬著蛋餅一邊對自己下結論，昨天那種天候，發生意外的可能相當高，硬把一個模糊不清的影子列爲都市傳說，未免太過。

講是這樣講啦，夏玄允現在大概已經樂不可支了吧！

「可是我看過！」

冷不防的，又傳出另一個帶著哽咽的聲音，馮千靜嘴裡的蛋餅差點沒噎著！

女生坐在她這排的最前面，應該也是因爲聽見討論才出聲的，她向左後方轉

過身子，身體看起來非常緊繃，一臉快哭出來的模樣。

她那五個字讓整間教室鴉雀無聲，剛剛就算不是討論群中的人也都靜靜的聽著，八卦嘛、傳說嘛，總是學生間最感興趣也最樂此不疲的話題。

「我眞的有看過！」她認眞的回應著，瘦小的身體，紙片人一枚，「上星期騎過青山路時，差點撞到它！」

「撞到……妳親眼看見嗎？」男生好奇的問了。

「嗯……」女孩點頭如搗蒜，「我自己一個人騎車，才轉第一個險彎就看見它站在路中央，我嚇死了，趕緊煞車扭掉龍頭，差一點點就撞上還差點摔車，可是……」

可是？這個間斷可是撓得人心癢，所有人都屏氣凝神，等待她調整情緒，繼續說下去。

「我好不容易穩住車子，回頭再看時，卻什麼都沒看見了。」她的聲音開始發抖，「我嚇死了，我連看都不敢看，立刻就騎走了！」

班上的氣氛變得有點僵硬，同學們面面相覷，馬尾女生托著腮，好像在思考似的，其他人則是神色緊張，看來接下來有陣子大家都寧願繞路也不敢騎青山路了。

「妳沒下車對不對？」馬尾女生終於提出疑問，「所以搞不好眞的是有人，只是妳沒撞上，對方就往前走了也不一定。」

紙片女孩咬了咬唇，面浮怒容，彷彿覺得自己被誤會似的，「我怎麼敢下車！我確定那附近都沒有任何人影，再怎樣也不可能走這麼快啊！」

「好詭異喔……」其他人也開始竊竊私語了。

「這也很難講，搞不好眞的是有人，然後誤會一場。」前頭的男生遲疑的應和著。

「才不是！」紙片女孩變得激動，「我回來後每天都夢見穿紅衣的女孩在追我，每天每天！」

喝！馮千靜暗自睜圓大眼，夢見紅衣小女孩？

早上郭岳洋氣色不佳，說做了惡夢沒睡好，因爲他夢見有個紅衣小女孩不停在夢裡追著他不放。

雖說日有所思，夜有所夢，但是這巧合有些多了。

「好啦，我們只是說說！大家騎車小心比較重要啦！」男生趕緊緩頰，要不然紙片女生等會兒說不定會突然嚎啕大哭。

紙片女孩臉色也很難看，她繼續做她自己的事，教室裡竊竊私語的聲音此起

彼落，一再的流言加上昨晚的車禍，自然造成人心惶惶，更別說學生們還會加油添醋，把流言變成嚇人的怪談。

紅衣小女孩啊……馮千靜想著反常的郭岳洋，他那疲憊的神態跟黑眼圈，簡直跟那個紙片女孩一模一樣哩。

塞進最後一口蛋餅，這星期輪到她要去超市買東西啊，超市就在青山路尾端，現在是叫她不要騎車嗎？從另一邊繞未免太遠，反正她就維持慢速、小心應該就好了吧！

唉，什麼紅衣小女孩，小孩子夜深了就早點回家，拜託晚上不要一個人在外面亂晃啦！

第二章 夢裡追逐

馮千靜提著大包小包，按照LINE的「指示」，買了大家的晚餐，夏玄允實在有夠過分，居然眞的敢指使她做事！三個男生食量都很驚人，害她兩手各提了一堆食物，現在包包裡的LINE還在登登登個不停，問題是她哪有手接啦！

登什麼事這麼急？加點免談！

她就在青山路最上段買晚餐，前幾天車禍事故是在下方，這件事莫名其妙的一直在她腦海裡揮之不去，一定是因爲每天回到租屋處，夏天總是劈里啪啦的說個沒完。

青山路是圍繞學校西側的路，從山上一路到山下，畢竟依山而行處處是坡與彎，其中最危險的就算是校園邊熱鬧路段的末尾彎道，那兒可以算是髮夾彎，又急又陡；馮千靜站在上段就能遠遠看見那個左拐的下坡彎道，彎道旁上方就是籃球場，她現在只要往下走約五分鐘左右，就可以看見事故的地點……這幾天聽說有些同學擺花在那兒悼念，卻反而嚇得一些人不太敢走。

要去看嗎？她遲疑著，眞的有什麼紅衣小女孩嗎？在這種彎道的馬路上？一邊是石壁，另外一邊又是邊坡陡崖，根本沒地方躲人，怎麼會有女孩在那兒？

但是如果這麼想，無疑的就是支持了「都市傳說」的存在了。

要看？不看？她站在路上遲疑著，看著幾台機車從她身邊呼嘯而過，大家的

速度明顯的都減慢，緩緩左彎，感覺並沒有什麼異狀。

她幹嘛無緣無故好奇心作祟咧？有什麼事才是不好的吧！

這麼想著，馮千靜立刻旋身離開，只是在那一瞬間，她的眼尾餘光卻闖進了一抹紅！

咦？馮千靜倏地再回首，這個角度太高了她看不清楚，但在髮夾彎內側，真的剛剛有個穿紅衣的人影在移動！直覺性邁開步伐往下走，一邊走一邊留意左方下山的機車，她想過馬路到對面去，才好看清那彎道內側藏著什麼！

「不要過去！」在她要跨出去那刻，一股力道拉住了她！

喝——馮千靜直覺性的瓦解被握住的手，甚至反抓握對方，直接拋扔出去——是通識課那個瘦小的紙片女孩！

對方整個被拽到了馬路上，就差一秒馮千靜可能就把她往路上摔出去——兩個女孩大眼瞪小眼，一個驚慌困惑，一個心虛的勾起笑容。

「呵……妳嚇到我了！」馮千靜連忙將她拉近自己，扶穩重心。

「……噢，對不起。」紙片女孩有點驚魂未定，「我不是故意的。」

「沒事沒事！」馮千靜趕緊拍拍她的手，希望沒抓疼她。「我也只是嚇了一跳！」

「因爲我看妳想過去……」紙片女孩眼神消沉的向右下看去，「還是不要比較好。」

「呃……我只是想過馬路。」馮千靜胡謅。

「妳剛也看到了，我知道！」紙片女孩意外的確定，「妳本來要往上走，才轉過來又緊張回頭看，一定是瞧見那、個了。」

「哪個？」馮千靜明知故問。

紙片女沒說出個答案，淚水啪沙的就滾了出來，在大馬路上哭了起來。這讓馮千靜不知所措，她對哭泣的女生沒輒啊，她更不擅長安慰人，無緣無故幹嘛哭啦！

「它一直在哪裡，我知道……我看過幾次了！」紙片女哽咽著，「不管我在哪裡，它總是會出現……一直追一直追，連夢中都不放過！」

「夢裡……所以妳是夢見那個追著妳？」類似被追殺的夢嗎？醒來總是會渾身是汗的恐懼？

「一整夜，沒有停過。」紙片女孩憔悴的望著她，「我廟也去拜過了，什麼都求過了，可是……」

她邊說，一邊將羽絨外套的袖子向上捲。

馮千靜詫異的看著她的手腕，一時之間不知道如何反應……因爲紙片女孩的手腕上，有個青紫色的握痕，指頭並不長也不大，怎麼看都像是……小孩子的手。

「這個是？」她嚥了口口水，心中浮現一個要不得的答案。

「它一直追著我，每次驚醒前，我都被抓住。」紙片女低泣著，「後面的事我總是不記得，但我每天都是尖叫著醒來的，看著自己的雙手……」

雙手啊！馮千靜緊皺著眉，反覆打量紙片女的手，她的手好細，皮膚又白，上頭緊握著的青紫瘀痕異常明顯，每一根指節都印在上頭，看起來就像新生的瘀青，並不是之前發生的。

每天早上在夢境裡被抓握，多令人匪夷所思的一段話啊！

「太奇妙了……」馮千靜喃喃唸著。

「我沒騙妳！我眞的沒騙人！」紙片女略微激動的說，「大家都以爲我說謊，我是知道妳看見了，所以我才……」

「喂，別激動！」馮千靜趕忙制住她的慌張，「我又沒說妳騙人！」

「啊……」紙片女淚水泉湧，「妳相信我？」

矮額~馮千靜連忙鬆開手，紙片女那一臉攀到浮木的表情讓她有點害怕，她不認爲紙片女騙人，但也不能說全然相信。

「我不知道，這種事很難講，我又不是專家。」馮千靜敷衍的回著，「我跟妳說，我們學校有個社團叫『都市傳說社』，妳去找他們，說不定他們會知道！」

「都市傳說社？」紙片女顯得很錯愕，看來又是一個不知道有這個社團存在的人。

廢話，社員十名，有七名是幽靈社員，社團的位子非常偏僻，一間寬大的社辦裡，首先是大大的圍棋社、再來是寬敞的西洋棋社，最最後面窗戶邊的直條小縫，西洋棋社用兩個鐵櫃隔出來的，就是「都市傳說社」。

之前還是她移動鐵櫃多爭取了些空間，要不然「都市傳說社」的位子渺小到可憐。

「嗯，紅衣小女孩不是都市傳說嗎？我覺得妳可以試著去問問，我聽說他們社長對這個蠻懂的。」馮千靜心虛的說，這好像是在助長夏玄允的氣燄，這樣他會不會又拖著大家往危險去啊？

「好！好！」紙片女孩彷彿得到明燈，連連點頭，「謝謝妳！」

「不必謝啦，妳剛剛也……拉住我。」馮千靜邊說一邊往下方的內彎瞥去，

這個角度完全瞧不見那下頭有什麼。

「也是因爲跟妳通識課同班，我才直覺的想阻止妳。」紙片女孩悲傷的笑笑，「啊，我是企管系的羅佳茹，妳呢？」

馮千靜有些猶豫，她不喜歡被留意啊！「我是法文的馮千靜。」但是，交幾個朋友應該是沒關係吧。

「妳不要再去那邊了。」羅佳茹邊說一邊拉過她往上坡路走，「只要看到說不定就會跟我一樣……」

話提及自己，她又是一陣落寞悲傷。

是嗎？馮千靜邊往上走卻一邊回首，只有她想搞清楚，紅衣小女孩到底在那邊想做什麼嗎？

隔天中午十二點前，夏玄允就發了群組LINE給大家，說中午一定要到社團一趟，有緊急的事情商量。

能有什麼緊急事？馮千靜懶洋洋的看著手機，夏天除了跟都市傳說有關的事外，還能有什麼事這麼積極？這幾天他跟郭岳洋兩個人超努力的，天天都很晚回來，不過當初說好同住一層不能相互干涉，她也只是在房間裡做自己的事而已。

毛穎德應該是口體嫌正直的那種，白話文來說就是「嘴上說不要，身體倒是挺誠實的」，每次都說夏玄允他們怪力亂神、對都市傳說過度著迷、他懶得管之類的一大串理由，但始終還是會陪著他們上山下海。

明明就是微靈異體質，還在那邊裝模作樣，呿！結果他們三個成天早出晚歸不知道在幹嘛，害她想跟毛穎德討論一下髮夾彎上的紅色身影都沒什麼機會。

「謝謝！」接過店員遞過來的飲料，馮千靜還是準備前往社團大樓。

她不否認對那個紅衣小女孩有點興趣，不過絕大部分是有些擔心郭岳洋。

他太憔悴了！自他同學出事到現在不到三、四天，幾乎都沒有睡覺的樣子，臉頰凹陷、黑眼圈深，而且有時半夜起來上廁所還會被他嚇到，他居然一個人就蜷在茶几跟沙發縫隙裡，抱著雙膝不發一語，臉上跟身後牆上映著電視發出來森藍光澤，雙眼呆然疲憊的望著。

問他為什麼不睡覺卻只是搖頭，害她想起那個企管系的紙片女孩羅佳茹的事。

社團大樓樓高十一樓，完全是社團專屬用，設備不算豪華但是已經比照教授辦公室了，至少是全新大樓，桌椅都備齊，其他物品就端看各社團是否「財力雄

厚」了！

「都市傳說社」是個小小社團，位子十一樓電梯走出後左拐第二間，跟另外兩個社團擠在一起，西洋棋社跟圍棋社，西洋棋社還有皮製沙發跟兩個大鐵櫃，氣勢十足，而他們呢……就是在兩個鐵櫃後頭到牆壁的小小空間裡。

兩個鐵櫃分佔兩旁，中間的空間剛好就是「都市傳說社」的門……

走出電梯，馮千靜才拐彎，一時以爲自己走錯了地方。

因爲他們那間社團辦公室門口擠了滿滿的人，還有人在走廊上排隊咧！發生什麼事了嗎？有人要去比賽？還是社團報到？

「借過借過……」她鑽過重重人潮，發現連另外兩個社團都下海幫忙了！

因爲夏玄允居然端坐在西洋棋社那寬大豪氣的沙發上，有一堆人正包圍著他，正前方還有張椅子，上頭的人正在敘述事情，郭岳洋就在一旁紀錄。

她看得瞠目結舌，櫃子後原本的空間也幾乎站滿人，毛穎德坐在鐵櫃後頭，瞧見她後招手。

「這是怎樣？這社團不是超過六個人在就是奇蹟了？」她好不容易才擠到他身邊去，幸好社團的折疊桌還在，午餐趕緊擱上桌。

「我也嚇一跳，全部都是來詢問紅衣小女孩的事。」毛穎德有些懶洋洋的回

著，旋身往桌邊靠牆的位子坐去，讓自己能隱身在鐵櫃後面。

馮千靜也跟著坐下，鐵櫃擋住他們的身影，算是建立小小的隱私空間。

外頭嘈雜，眾人你一言我一語的，聲聲討論著紅衣小女孩的事。

「很多人都看見了，摔車的也不少，郭岳洋同學的車禍算是引爆點，讓事情越鬧越大！」毛穎德壓低聲音說著，「現在比較麻煩的是，只要有看見的，都夜不成眠。」

「做惡夢嗎？」馮千靜淡淡問著，「郭岳洋晚上都不睡覺，也是為了這個？」

「……他晚上沒在睡？」毛穎德一臉錯愕，「妳怎麼知道？」

「我半夜起來時他就坐在客廳啊！」她一臉你才奇怪怎麼不知道的樣子。

「啊……難怪他最近精神越來越差！」毛穎德恍然大悟的點著頭，「來諮詢的人幾乎都是這樣，不是做惡夢，就是根本不敢睡。」

「我就說吧，它會一直在追我們，每天晚上都在追……」外頭不知何時換了女孩子的聲音，馮千靜怔了一下。

她回過頭，將椅子向後靠去，偷偷瞄向茶几前的單人椅，骨瘦如柴，果然是羅佳茹！

「好像就是她把消息發出去的，在網路上說有人介紹她學校有都市傳說社！」毛穎德的聲音從上方傳來，他正站在鐵櫃邊一塊兒偷看，「要有看過紅衣小女孩的人都來。」

「有沒有搞錯啊，這是社團，又不是驅魔師！」馮千靜嘆了口氣，「我只是叫她來問問相關的事情。」

毛穎德一愣，往下瞧著獅子鬃毛的頭，「是妳介紹的喔？」

「啊不然咧，她一臉快死的樣子。」馮千靜扭腰後退，坐回位子上，「我那天買晚餐時感覺有紅影掠過，她還拉住我不要過去咧！」

「紅影？」毛穎德好生訝異，「妳跑去看喔？」

「遠遠的，只是好奇。」馮千靜搓搓雙手，拿出環保筷子，今天中午是乾麵加上飲料，簡單方便。

毛穎德沒移動，只是端詳打量著羅佳茹，從上到下……其實他感覺不到什麼異狀。

外頭的人一個接著一個，沒完沒了似的，好像幾乎全校都看過紅衣小女孩了，但也不乏看熱鬧的，到了後來滿社辦裡的人都在聊著怪談跟傳說，鬧烘烘得屋頂都快掀了。

「好了，快一點了，有課的人快去上，沒課的人也請吧！」毛穎德突然從鐵櫃後步出，下逐客令，「大家待在這裡沒有好處，總得給社長時間思考。」

喔喔，他嫌吵了！馮千靜將垃圾放在袋子裡綁好，感覺得出毛穎德的不耐煩。

「那我們怎麼辦？我是來找解決方法的啊！」有男生嚷著，看上去也很疲憊。

「對啊，你們不是都市傳說社嗎？專家提供點意見吧！」

「這樣子我們沒辦法睡覺的，也不敢再騎車！」

「這裡是都市傳說社沒錯，但我們是喜歡研究都市傳說，不代表……」毛穎德想要解釋，沙發上的夏玄允卻突然站了起來。

「我們會貼公告，就在社團的ＦＢ！」他打斷了毛穎德的拒絕，「但我們不是什麼道士還是捉鬼大隊，我們是——」

天哪！又來！馮千靜別過頭去不忍心看，虛弱的郭岳洋還趕緊湊近夏玄允，異口同聲加上POSE的高喊：「都市傳說收集者！」

一時之間社辦裡靜了下來，這是、這是在搞笑嗎？

「咳！」毛穎德趕緊幫大家解凍，「我們只能盡量的查查那個紅衣小女孩到底想幹嘛！」

「找到就會立刻貼嗎？拜託一定要幫幫我們！太可怕了！」其他人眼神移向正常的毛穎德！

「再不睡我會死的！」

眾人又起了鬨，馮千靜偷偷瞄著，紙片女孩羅佳茹還在，坐在一旁椅子上抓著自個兒的手臂，看起來相當防備緊繃，而正在說話的男生人如其名，叫黃宏亮，中氣十足，講話超大聲，說得臉紅脖子粗，旁邊還有個長辮子女生徐貽潔，一個逕兒的不停掉淚，另外一個半長髮的男生正蹲在茶几邊寫資料。

「我叫曹江瑞，我們幾個狀況都不好，這是我的電話，緊急時請直接打給我。」那男生說著，起身後認眞的朝夏玄允鞠躬，「再次謝謝你們。」

他轉身一走，剛剛那些嚷嚷的人即刻蹲下來搶那張紙要寫字，而毛穎德趁機把看熱鬧的一一趕走，不能佔用他社的社辦太誇張吧！

好不容易，社團裡靜了下來，兩社的人也紛紛回來，一雙眼睛都很期盼的看著他們。

「坐坐，就坐這邊沒關係。」西洋棋社長超大方的。

夏玄允盯著手上的隨筆紀錄沉思不語，身邊的郭岳洋一筆一筆寫著紀錄本，

看上去眼睛好像隨時會閉上似的。

「郭岳洋，你在這邊睡一下！」毛穎德突然走到茶几旁，把夏玄允拉起來，「欸，借他躺一下，半小時也好。」

「嗯？怎麼了？」夏玄允搞不清楚怎麼回事。

「拜託，你都沒注意到郭岳洋精神很差嗎？馮千靜說他晚上都沒在睡覺！」此話一出，夏玄允有些驚訝的看向坐在那兒的郭岳洋，「我以爲……洋洋是因爲同學的事在沮喪！不睡覺是什麼意思？」

郭岳洋忽然抬頭，望著夏玄允的雙眼淚眼汪汪，兩秒後他嗚哇一聲，直接趴在桌上哭了起來！

「我不敢睡覺……嗚嗚，不能睡！」郭岳洋語焉不詳的說著，「一睡著它就會來！就會來！」

啊啊，果然，狀況都一樣！

「你也夢到紅衣小女孩!?」夏玄允可急了，連忙想坐到他身邊去，卻被毛穎德一把拉住！

「先讓他睡！郭岳洋，我們大家都在，你不要緊張，放心的睡！」他堅定的說著，「睡起來再跟我們詳細的說。」

「會不會就是因為你一直在想這件事？」夏玄允依舊好奇，「洋洋，你手機拿來，我先把那張照片刪掉！」

「跟照片沒關係吧！」馮千靜終於從櫃子後探出小腦袋，「剛剛那些人也都沒拍照吧！只是撞見、差點撞到醬子而已，可是一樣天天都夢到被那個女孩追！」

說得也是啊，夏玄允望著手上的紀錄，幾乎看過紅衣小女孩的都一樣，不僅做惡夢，還都夢到被追逐。

毛穎德拜託其他社團的人幫忙，所以他們先把燈關掉，讓郭岳洋睡個半小時也好，一點的鐘聲響起，下午有課的人也都紛紛離開，將社團大門關上，不希望再有人來打擾。

郭岳洋幾乎一躺下去就睡著了，瞧著他憔悴不已的樣子，讓人相當擔憂。

夏玄允等人窩回「都市傳說社」的位子低聲討論，也知道了今天社團的盛況空前，原來是馮千靜的「介紹」。

夏玄允雙眼一亮，「就是剛剛那個企管的羅佳茹嗎？」

「嗯啊，我跟她同一個通識課，你沒看她的臉色跟郭岳洋一樣差嗎？」馮千靜咬著吸管，咕嚕咕嚕喝著。

「很多人都做惡夢，但這麼嚴重的倒是不多……」夏玄允的口吻都飛揚了。

「不知道是不是再過幾天大家就會一樣？」

「喂！那個女生看起來都快倒下去了，郭岳洋也一樣……」馮千靜對夏玄允的興奮相當感冒，「你是在高興什麼啊！」

「我當然高興啊！」夏玄允說得理所當然，「這麼多人都夢見，就表示這個都市傳說是眞的，而且有什麼在作怪……爲了早點讓洋洋可以安穩睡覺，我們要趕緊解決這件事！」

他一邊說，雙眼迸出光芒，毛穎德低頭嘆氣兼搖頭，馮千靜瞇起眼一點都不想相信，不是說他說謊，但只能信一半！對都市傳說瘋狂的人，他根本巴不得親眼看見紅衣小女孩吧！

毛穎德翻閱著郭岳洋剛剛寫的紀錄本，那上頭的東西馮千靜只看得懂兩成她就不看了，反倒是夏玄允看得倒是條列式的清楚。

「籃球場？」她留意到關鍵字，「青山路上邊就是籃球場吧？」

「對，有人說他們就是打完球後，要離開時看見的！」夏玄允的手指在白紙上點呀點，「有人打球時看見，也有人是騎車要回宿舍時撞到，籃球場居高臨下，好像可以看見整條彎道。」

學校的籃球場位在學校最偏僻地帶，某個角度不但可以看見繞著校園旁、滿是小吃的青山路上半段，也能看見那個危險的髮夾陡彎，甚至可以看見出車禍那個下坡路段，盡收眼底。

「咦……」馮千靜轉了轉眼珠子，「球場那邊有沒有監視器啊？」

不知道有沒有機會剛好拍到下坡的路段呢？

餘音未落，夏玄允立即站了起來，二話不說給了馮千靜一個紮實的擁抱，「小靜，妳眞的太棒了！果然是我們的——」

馮千靜擰著眉掙脫他的擁抱，幾個令人眼花撩亂的動作後，夏玄允整個人被死死壓貼在牆上，後腦勺還罩著馮千靜的手，臉頰跟白牆做KISS。

「錄影帶學校未必會給我們吧？」八風吹不動的毛穎德思忖著，「但是我們倒是可以自己去看看。」

「所以，晚上去打球嗎？」馮千靜死壓著夏玄允從容問著。

毛穎德點了點頭，擁有微弱且不可告人的靈異體質的他，還是到現場去確認一下，究竟是不是眞有紅衣小女孩？這個都市傳說到底爲什麼要在夢裡追殺無辜的同學們？

「我、我也要去……」夏玄允的嘴巴啾成一直線，「好、痛喔小靜……我是

說馮同學！」

哼！馮千靜這才勉爲其難的鬆手，夏玄允覺得自己像被壓扁的橡皮人瞬間恢復成人型，又揉臉頰又揉嘴的，還有手也好痛，他只是想表達一下感激之情嘛，嗚！

「不——不要！」驀地，外頭沙發傳來了囈語。

他們紛紛跑出看，其他社的社員則是戰戰兢兢的退了好幾步遠，不敢接近躺在沙發上掙扎、狀似痛苦的男生。

夏玄允連忙來到郭岳洋身邊，他滿身是汗，眉頭緊皺，淚水從眼角滑落，

「走開——走開！我不認識妳啊！走開！」

毛穎德認眞注視著郭岳洋，從他身上看不出什麼端倪啊！要是有什麼阿飄浮遊靈的，應該會有陰氣吧？

郭岳洋的雙手開始舉起，在空中亂抓，夏玄允動手意圖抓住他的手腕，竟被他一把推開！

「救命啊！救命——」淒厲的慘叫聲來自依然醒不來的男孩，「誰!?夏天！夏天——」

被推到地上的夏玄允瞠目結舌，看著郭岳洋僵硬掙扎的那雙手腕上……居然

緩緩的浮現了紅色的指痕。

小小的，不是大人的握痕！

「哇啊——」撕心裂肺的叫聲跟著傳至，郭岳洋整個人仰躺著拱起身子，痛苦異常！

馮千靜二話不說操起社團裡不知道誰的水壺，扭開蓋子，上前就朝郭岳洋臉上潑了下去！

「郭岳洋！起來！」她大喝一聲，隻手倏地緊緊握住那浮現指痕的手腕，「郭岳洋！」

喝！彷彿聽見了叫喚，郭岳洋倏地睜開雙眼，他的身體甚至依然呈現上拱的僵硬姿態，睜開的眼裡盈滿慌亂與恐懼，失神的望著眼前的馮千靜，還有他被緊緊握住的手。

「嗚嗚……哇——」他忽然嚎啕大哭起來，「終於有人來救我了！」

「洋洋？」夏玄允蹲到他身邊，看著他汗濕的頭髮，「你到底夢到什麼了？」

「它抓住了我的手……」郭岳洋泣不成聲，身子放軟後卻開始發抖，「這一次，它撕下了我的手！」

第三章

被抓握的命運

橘色的籃球在球場上運作著，啪啪作響，男孩子們行動敏捷的在球場上來回奔馳，或吆喝或搶奪，跳投歡呼，揮灑屬於青春的汗水。

籃球場呈現長方形，走進籃球場後，右手邊是看台，左手邊整片都是球場，而在九點鐘方向的角落，恰好就在髮夾彎的彎道旁，也就是今天重點調查對象。

球過籃網發出好聽的聲響，馮千靜看得目不轉睛，這一組男生打得不錯，激戰兩場不分上下，現在在拼第三場，讓她看得入迷。

身邊坐著室友們，夏玄允非常想進入球場角落的鐵絲網朝下方看，因爲唯有那端角落才能將整條青山路盡收眼底；郭岳洋經過下午的「補眠」後變得更加嚴重，雙手腕上的紅痕已經轉成瘀青，與羅佳茹一模一樣。

毛穎德算是無入而不自得，在這裡還能帶書來唸，不管聲音多吵，他似乎都沒聽見。

「喂，有什麼嗎？」她小小聲的問。

毛穎德眼尾瞟了她一眼，暗暗搖頭，「一整晚什麼都沒有。」

「搞不好其實最後是惡作劇。」她吐了吐舌，「不過這無法解釋郭岳洋手上的瘀痕。」

是啊，就是那瘀痕讓毛穎德異常憂心。

大家用馮千靜的手量過，的確不是大人的手，而且從無到有的過程大家看得一清二楚，正常的肌膚逐漸浮現指痕、再來轉黑，而且每一根指頭都清清楚楚，馮千靜還能模仿對方抓握的動作……

眞的是從後面抓住，再拉轉到前面的。

據郭岳洋敘述，夢境裡是他走在黑暗的青山路上，四周無車無人，路燈泛著黃青光芒顯得陰森駭人，他莫名其妙的不知自己爲何站在那兒，往下緩慢走著，後頭突然傳來腳步聲。

回首一看，黑暗中有位紅衣女孩朝他狂奔而來，手刀狂衝也就罷了，姿勢相當怪異，扭曲得不像正常人，伴隨著令人毛骨悚然、不止的尖叫聲，他一急只有往前衝，但是女孩卻不停的追上。

倏地握住他的手，力道驚人的拽住他，再奮力將他扯轉回來，另一隻手也握住他的手腕。

然後他只覺得好痛，接下來就是右手臂被活活扯下。

中間空了一大段，夢境本是跳躍式的，他明明有過掙扎，雙手往空中抓取的求救，郭岳洋記不甚清；最麻煩的是，紅衣小女孩近在咫尺，他也不記得長怎樣，只記得紅色的洋裝。

但恐懼與痛楚卻極其深刻，結果變成好心讓他睡，卻反而讓他變得更痛苦。

「咦？馮千靜？」

身後冷不防傳來驚訝的聲音，她回首，發現居然是羅佳茹……跟好幾個人，全部都是今天中午到「都市傳說社」諮詢的學生！

「……嘿！」馮千靜有些錯愕，「妳……怎麼來這裡了？」

「啊，社團發出公告啊，說今晚你們要到球場上來一探究竟！」羅佳茹舉著自己的手機，「我們聯絡後就決定過來了。」

夏玄允！馮千靜跟毛穎德不約而同的往最左邊的夏玄允看去，他正熱情的跟大家打招呼，吆喝著大家自己找地方坐，不要客氣！

球場邊本來就是看台，大家都是依著階梯狀的看台坐著，要位子當然多得很，問題不是出在這裡！

「喂，夏天，你找這麼多人來做什麼？」一得空，毛穎德拽著夏玄允到旁邊去，「不是你自己要調查嗎？」

「我說過會公告進度的啊！」夏玄允一臉無辜外加理所當然，「我沒有要他們來啊！不過……他們在，說不定紅衣小女孩比較會出現！」

「有沒有搞錯！萬一眞的出現還得了！」馮千靜眞想一拳扁下去，「你這是

讓他們犯險耶！」

「我沒鼓吹啊！我只是公布進度！」夏玄允很認眞的說，「況且什麼都還沒看到、也還沒確定不是嗎？」

最好是！毛穎德不悅的鬆手，半推著馮千靜重新調整座位，離夏玄允好一段距離。

「他故意的吧！」馮千靜說著火氣都上來了。

「爲了驗證都市傳說，夏天什麼事都做得出來！」毛穎德相當無力，「他沒有要害誰，只是暗地裡眞的希望這些看過紅衣小女孩的人能到，一來可以幫助驗證，二來也提高對方出現的機會。」

「他眞的病得不輕。」馮千靜重重嘆了口氣，「上一次驗證都市傳說的下場是什麼他忘了嗎？」

「呃……」毛穎德更加無奈了，「恐怕就是因爲他記得……所以才更熱衷！」

馮千靜一點都不想說了，夏玄允那種人大概是不見棺材不掉淚！不，見到棺材說不定還很興奮咧！

「馮千靜！」羅佳茹從上頭那排跳下，「妳爲什麼也在這裡？難道妳也看見紅衣小女孩了嗎？」

「不是啦。」她有點尷尬，指指毛穎德，「那個……我們是都市傳說社的。」

「咦？原來妳是都市傳說社的人！難怪妳會要我去問問，啊……」羅佳茹雙眼閃爍著光芒，「所以那天妳是因爲想調查，所以才接近髮夾彎的嗎？我眞是笨，居然阻止妳！」

看這情況，羅佳茹完全沒注意到她中午也在社辦裡，說得太專心了。

「不不，阻止得好……我也不算正式社員啦！」馮千靜覺得解釋這個好累，瞥了眼上頭的人，「那個……大家都是親眼見過的嗎？」

「嗯，幾乎都是騎車時撞見的！」羅佳茹很熱心的拉著馮千靜往前兩步，一個個介紹，「這個聲音宏亮的叫黃宏亮，綁辮子的是徐貽潔，還有這個戴眼鏡的叫曹江瑞，晚上敢來的就我們幾個而已。」

「敢來的？」毛穎德趕緊插話，「所以你們也知道過來不好吧！那爲什麼還要來？」

羅佳茹聞言，有些顫抖的深吸了一口氣，「因爲我、我眞的很想回到正常生活，很想安穩的睡覺……」

如果可以早點把紅衣小女孩的事情解決，或是讓他們知道究竟冒犯到她什麼的話，爲了平安的生活，他們什麼都願意做的。

「我沒有羅佳茹這麼嚴重，還沒到惡夢連連，但是我變得很容易累，右手肩膀也很痛！」黃宏亮有點不爽的說著！

她有印象，郭岳洋的紀錄寫得很清楚，並不是每個人都會做惡夢，可是身體都會接二連三的出狀況，恍神、短暫失憶都有，像長辮子的徐貽潔，似乎只是有失憶狀況，而手上架著三角巾，正是當時被嚇到摔車、但並沒有撞上。

「九點半了！」夏玄允的聲音突然揚起，所有人即刻朝他那邊看去，提高警覺！

九點半學校會強制把運動場上的燈光關上，這時打球的人也幾乎都會撤離。餘音未落，啪啪啪的關燈聲響起，炙亮的白色燈架頓時暗去，整個球場上頓時陷入一片黑暗，只有青山路上的路燈餘光遠遠的投射過來。

球場上的學生開始收拾東西，大家信步離去，當然所有人都對場邊這票人很好奇，他們既不是誰的朋友，也不是來打球的，坐在這邊一晚上就算了，現在熄燈後，也沒人要移動的樣子。

不過現在的社會就是少管閒事，說不定他們就是來這邊開夜趴的，打球男孩們陸續離開，坐在看台上的一千人正在等雙眼適應黑暗。

「有夠暗的！」黃宏亮小聲的說著……還是很大聲。

「我的眼睛都花花的……」郭岳洋虛弱的回著，「看不到下去的台階。」

「這裡！」夏玄允已經站在往下的台階上，打開了手電筒，「我要過去看囉！」

「夏天！」毛穎德低吼著，二話不說就跟了上去。

嘖嘖，馮千靜看了直搖頭，眞是兄弟情深咧，就捨不得夏天冒點險，這麼暗都不顧一切的追上去！

馮千靜沒有特地拿手機照明，其實隱約還是瞧得見，只見青山路上的燈光昏黃，視線會像電視雪花畫面般有些雜訊，但還不到伸手不見五指的地步。

小心翼翼的往下走，她也越過了看台前的球場，一路走到邊角的場地，這個場地就完全在高處山壁邊，正下方剛好就是髮夾彎道，所以青山路的上下坡路段一覽無遺。

由於距馬路有兩層樓的落差，所以學校自然裝了綠色的鐵網當護欄，夏玄允雙手攀勾著護欄，站在那兒往下望。

郭岳洋正戰戰兢兢的安裝腳架，夏天說想要錄影，看能不能見到什麼，但他

實在抖得太厲害，所以馮千靜接了手，幫他把相機鎖上，腳架立好，正對著常出事的路段。

「夏天，你閃邊一點，擋到鏡頭了。」馮千靜說著，要他往左移動些，好讓鏡頭對著角落，剛好是出事路段。

夏玄允聞言左移，「不知道什麼樣契機它才會出來厚？」

「每個人時間都不同，黃宏亮是八點、徐貽潔是十一點多、曹江瑞是十點半……所以紅衣小女孩沒有門禁的樣子。」毛穎德憑印象回憶，「彭宏達他們出事好像是快八點的時候。」

「好像……本來就沒有。」郭岳洋小小聲的回應著，「紅衣小女孩一開始的都市傳說，是在山裡的……大白天也看得見。」

馮千靜按下錄影，有點不知道接下來要做什麼，夏天該不會想在這裡待到紅衣小女孩出現爲止吧？萬一它今天公休怎麼辦？大家要耗到天亮嗎？

回首看向偌大的球場，黑暗的球場多了一種詭譎的氛圍，漆黑靜謐，由於視線不清，眞的有什麼人過來也看不清楚；轉向左方看台上的人，她瞇起眼啾著，羅佳茹他們人是來了，不過沒膽量靠近的樣子。

「他們不敢下來也好，萬一出事就不妙了。」馮千靜喃喃說著。

毛穎德跟著轉過頭去看，四個人影還是很緊張的站在那兒，想知道會不會發生什麼事卻又不敢輕舉妄動，看樣子應該是往這裡探看。

「我要是他們會立刻離開吧，少接近這裡爲妙。」毛穎德沉著聲音，「燈一暗，我什麼也分辨不出來。」

「有感應到什麼嗎？」馮千靜好奇的是這點。

他搖了搖頭，「沒什麼感覺，我本來就只能感應一點點了……欸，看看那個是誰，還又站上去一層，站那麼高就看得見嗎？」

「好像看不見吧，看台的角度只能看見上坡往學校的路段。」馮千靜引頸探看，「那個應該是羅佳茹吧，最瘦的紙片人就她了。」

「什麼？我怎麼了？」

羅佳茹的聲音疑惑的從他們身後傳來，手機冷光倏地亮起，馮千靜緩緩的回過頭，看見乾瘦的羅佳茹走到他們身後，剛好聽見自己的名字。

羅佳茹在這裡？可是看台上明明有四個人影……毛穎德倏地轉過頭去，看台上還是四個人，馮千靜不假思索的打開手機的強力ＬＥＤ燈照去，有光就有顏色，一襲紅衣就站在曹江瑞後頭！

「在後面！」郭岳洋瞧見了，驚恐的尖叫，「曹江瑞！它在你身後！」

「郭岳洋，不要喊！」馮千靜氣急敗壞的嚷著，這一喊只是增加驚慌而已！

果不其然，曹江瑞一聽瞪大雙眼，還沒回頭就聽見了此起彼落的尖叫聲！黃宏亮他們開始摸黑亂跑，才幾秒就有人從看台上的高階翻下來。

「呀——」女孩子尖叫，是徐貽潔！

「你們在這裡不要動！」毛穎德大喊著，已經拔腿朝看台奔去，「馮千靜！」

「好！」馮千靜回首推了羅佳茹一把，「不要亂跑，跟郭岳洋他們待在一起！」

她跟毛穎德狂奔過去，不時用手電筒往上照，但是每次燈晃到哪裡，都只看見紅衣的殘影，那個紅衣小女孩跑得可真快！

「呀啊……哇——」哭聲與尖叫聲混和著，徐貽潔從上頭摔下來，躺在地上哀鳴。

黃宏亮絆倒在第一層看台上，跛著腳一拐一拐往下走來，毛穎德走上去接應他，但是曹江瑞不敢上也不敢下，他在同一層看台上奔跑，從東邊奔到了西邊。

馮千靜蹲在徐貽潔身邊觀察，燈到處亂照，卻再也照不到紅色影子。

「關燈，馮千靜。」毛穎德攙著黃宏亮下來，「亮著燈就什麼都看不見。」

「咦？」她愣愣的望著刺眼的ＬＥＤ燈，真可惡，原來是陷阱！幹！

她立刻關上燈，眼裡的殘像果然還是白炙光點，雙眼必須再度試應黑暗，否則什麼都瞧不見。

「紅色的波長最長最遠，我們其實都還看得見，只要眼睛適應黑暗，紅色就會更明顯。」毛穎德壓低聲音說著，「我們一人負責一個方向看著。」

「好。」馮千靜點頭，徐貽潔撐坐起來，緊緊握著她的手，抖得厲害。

遠方的夏玄允有些擔心，但是當他瞧見毛穎德的手勢時，就知道這邊勉強沒事，鬆了一口氣。

「洋洋！」他伸手向右，「你們過來我旁邊。」

郭岳洋拉著羅佳茹，來到了夏玄允的身後，「其他人怎麼了？」

「好像沒事，毛毛剛剛做了手勢。」夏玄允輕聲回應，「它真的來了，大家提高警覺喔！」

羅佳茹忍著哭泣，來了……今天她沒騎車，紅衣小女孩究竟想要什麼？

球場上一片死寂，沒有人說話也沒有人移動，馮千靜觀察著四面八方，好不容易才讓眼睛適應黑暗，的確勉強都還看得見，甚至連夏天他們都能分辨得出誰是誰。

球場上唯一的燈來自腳架上的錄影紅燈，持續運作著。

「曹江瑞怎麼都沒聲音？」黃宏亮有些緊張。

「現在只能聽天由命，不知道他到哪去了。」毛穎德回應，「你們要不要先走？不要待在這裡？」

「可是我的腳……」徐貽潔低泣，好痛啊！她根本走不動了！

唉，真是麻煩。馮千靜拉過她的手，跟毛穎德商量著先讓他們出球場，要不等等紅衣小女孩再來逛一次，又不知道得傷到多少人。

「夏天！」毛穎德扯開嗓子，「我們撤！」

「嗄？」夏玄允有些失落，「可是什麼都……」

「夏玄允！」

毛穎德厲聲吼著，同時郭岳洋也拉著他的衣服求情，他好害怕，他想現在立刻就離開這裡。

「好啦！」夏玄允口吻裡還帶著不甘願。

馮千靜將徐貽潔的手繞過自己頸子架起，黃宏亮只是扭傷還能走，不過毛穎德依然讓他攙著，他們高喊著曹江瑞的名字，總算也得到回應，他繞到了另一邊去，慌亂的走下來，朝著他們跑來。

「不要跑！這麼黑小心啊！」黃宏亮大聲喊著。

跑……馮千靜看著朝他奔來的曹江瑞，為什麼身後還有另一組在黑暗中移動的……紅色影子——紅衣小女孩！

「快跑！曹江瑞！拼命的跑！」馮千靜忽地大吼，「千萬不要被它追到！」

咦？曹江瑞聞言瞪大眼睛，卻反而停了下來，緩緩回過了頭。

黑暗中，紅與黑如此近似，但是紅色的波長果然是更為顯眼，視線再不清楚，也可以看見一個紅色的人影正朝著他狂奔而至！

「哇啊——」曹江瑞沒命的邁開步伐，飛也似的拼命向前跑。

「我去接！」馮千靜忽地甩下徐貽潔的手，二話不說朝著曹江瑞奔去。

另一邊的夏玄允哪能放棄這個機會，他飛快的到腳架邊去，把整台相機往後轉了一百八十度，對著曹江瑞的方向，希望可以拍到狂奔中的紅衣小女孩！

夜視鏡頭實在很糟，這樣拍只瞧見一片漆黑，勉強看到穿著白T的曹江瑞在跑，他身後那個……啊啊，夏玄允喜出望外的看著螢幕，紅色的、紅色的人真的追在他身後，然後轉向……

咦？夏玄允怔了兩秒，為什麼紅色的身影朝著他奔過來了？

毛穎德在一瞬間發現了，紅衣小女孩突然間向右五十度，換了方向朝著夏天

他們筆直衝去了。

「夏天——郭岳洋，你們快離開那邊！」

什麼東西？馮千靜才接到上氣不接下氣的曹江瑞，後頭就聽見毛穎德的嘶吼，她驚愕的向後方八點鐘方向看去，那兒更加接近青山路，路燈更亮，紅色的身影就更明顯了，眞的是紅衣小女孩！

夏玄允二話不說拉了郭岳洋就要跑，郭岳洋根本嚇得走不動，是硬拽才能移動，他另一隻手緊緊握著羅佳茹，尖叫聲一時此起彼落！

咚，腳架頓時被撞倒，相機倏地倒下，下一秒，紅衣小女孩不費吹灰之力的抓住了羅佳茹！

「哇呀！」羅佳茹歇斯底里的尖叫著，「它拉住我了！」

這樣的拉扯，同時也扯住了夏玄允跟郭岳洋，他們因爲巨大的力道被往後扯去！

毛穎德跟馮千靜立刻朝夏玄允他們奔去，但是那時郭岳洋的左手已經被迫鬆開了對羅佳茹的緊握，甚至因著反作用力將夏玄允往前推，雙雙踉蹌趨前。

「救我！走開啊！」羅佳茹尖叫著，她的身體重重的被摔上綠色的鐵絲網彈著，「放手！放開我啊——」

「放開她！」馮千靜緊急煞車，距離紅色混濁的影子五公尺，「我不管你是什麼，放下她！」

紅色身影幾乎罩住了羅佳茹，與羅佳茹一般高，它倏地幽幽回身，明明所有人都看見它的正面，卻因爲黑暗與那連帽兜，完全看不見它的臉！

紅衣小女孩用右手緊握著羅佳茹，左手緩緩舉起，指向了正前方。

青山路下坡路段，那個它最常被看見的地方。

「我叫妳放、開、她！」馮千靜根本不想管它在指什麼，鼓起勇氣又向前跨了一步

紅色身影倏地向上一跳，一眨眼就翻過了綠色的鐵絲網——但是，它始終沒有鬆開羅佳茹的手。

「不不不！」馮千靜驚恐的大吼，卯足了勁衝過去，依然來不及拉住跟著一起翻過鐵絲網的羅佳茹！

「啊呀呀呀呀——」

四目相交，她們卻只能隔著那張鐵絲得到一秒鐘的視線交會，羅佳茹的身軀就從馮千靜的眼前向下墜落——砰！

青山路上坡路同時駛下一台紅色轎車，緊張的長鳴喇叭與緊急煞車聲同時響

起，叭——

馮千靜抓著綠色的鐵絲網格，全身血液疾速退去，她聽得見下頭的尖叫聲與混亂，看著轎車車主自車內奔出，驚恐的大喊著撞到人了！

「她從上面掉下來的啊！」

「快把她拉出來！」

「怎麼拉啊！她在車子底下啊……報警！快報警！」

馮千靜無力的跪了下來，來不及……無論她跑再怎麼快，也沒辦法拉住羅佳茹。

紅衣小女孩，終究是抓到了她。

第四章 會面

漆黑的籃球場上，兩百公分高的鐵絲網，沒有人能輕易翻過去，甚至不小心翻過去都不可能，除了刻意為之外，再難找到其他解釋。

綠色的鐵絲網上有著羅佳茹的指紋，她被認定為自殺，或是攀爬上去後的失足，隨後定調為後者，因為在場的學生口口聲聲說什麼都市傳說，警方認為是一群想去試膽的學生。

不管黃宏亮他們好說歹說，言之鑿鑿的把凶手指向一位紅衣小女孩，也沒有人會相信；因為監視器中是沒有什麼紅衣女孩，熄燈後拍不到黑暗的球場，但是馬路上的某支監視器拍得到鐵絲網外圍，清清楚楚的看見羅佳茹「隻身」爬上鐵網，下一秒就翻了過去。

瘦弱的身子往六公尺下的馬路墜去，直接摔上馬路後向下滾動，再捲進煞車不及的自小客車輪子裡。

青山路一週發生兩件意外，學校鬧得沸沸揚揚，原本不見得每個人都知道的都市傳說，一夕之間成了熱門話題；儘管警方不採信、學校也斥為無稽之談，但是那些看過紅衣小女孩的同學，全都嚇得不敢出門。

至於夏玄允這票就很麻煩，上次大家都進過警局，因為馮千靜的前任室友兼同學玩了「一個人的捉迷藏」，發生太多事，整個「都市傳說社」的成員前後輪

流都做過筆錄。

這一次又是熟悉的面孔，黃宏亮及曹江瑞他們驚恐的說著另一個都市傳說，員警們都露出一臉不耐外加不意外的臉色，認眞勸導他們要好好唸書。

學校也突然格外的留意「都市傳說社」，夏玄允被叫去「溝通」了一節課，重點就是不要宣傳這些沒有實證的傳言、造成人心惶惶，不然只好關社。

「眞是太不公平了！」夏玄允氣急敗壞的在社團裡嚷著，「這麼多人都看見，還說我們造謠！」

「都市傳說本來就是傳說了，而且多半都是編造的，學校會有這種反應不意外！」毛穎德永遠僞裝成理智派的，「下次應該要直接說很多人都看見紅衣小女孩，不過不要強調都市傳說。」

「但這就是都市傳說！」夏玄允永遠都有他的堅持，「我要去找出紅衣小女孩的所有都市傳說，看看我們學校這位是怎樣！爲什麼要拉著羅佳茹翻牆！」

馮千靜默默坐在一旁。其實並不遠……只要她那時再接近一點，說不定就有機會可以抓住羅佳茹，她也不至於翻過去了！

紅衣小女孩到底想幹嘛？那晚在球場裡徘徊追逐，明明先是追著曹江瑞，卻突然轉向羅佳茹……只要看過它的人都追？還是撞到它的？問題是它又不是實體！撞到又不會怎樣啦！

「從山上的傳說開始，一個都不要放過。」毛穎德難得贊成，「我們一起收集，速度才快。」

「好！」夏玄允轉向身邊的郭岳洋，「洋洋，你就……」

郭岳洋低垂著頭，額頭都快敲到桌上了，他遠比之前憔悴，睡覺變成一種折磨，意志力再強大，也難以凌駕疲憊的身軀啊！

「洋洋！」夏玄允忽地伸手抓住他的肩膀。

「喝！」郭岳洋倏而驚醒，凹陷的眼窩驚慌的左顧右盼，「走開……走……」

「洋洋！」夏玄允把整張臉塞在他眼簾，「沒事的，你在學校！」

郭岳洋望著夏玄允，大大的鬆了一口氣，「我聽見它的腳步聲，我正要跑……」

「你只是打盹而已，它就會出現嗎？」馮千靜好訝異，「簡直是迫不及待嘛！」

他痛苦的點點頭，「羅佳茹出事之後，根本沒有人敢睡覺……早上聽說有個資工系的住院了。」

「你就不要亂跑，除了上學外，下課直接回家。夏天，你要好好照顧他知道嗎？不要再帶他去青山路了！」毛穎德口吻相當嚴厲，難得夏玄允也默默點頭。

畢竟，羅佳茹也是在他面前摔下去的，沒有人料到原本只是想看看紅衣小女孩會不會現身，卻賠上一條命。

「我連靠近那一帶都不會，你們放心！」夏玄允難得認真，接著從口袋裡拿出一張記憶卡，「這個……我們打算怎麼處理？」

那天晚上，腳架上的相機拍攝到的一切，羅佳茹的頭七都過了，但是沒有人敢看。

郭岳洋恐懼的縮起雙肩向後退，他身後不到三十公分就是牆，再躲也沒地方，夏玄允拿著卡的手微顫，看著對面的一雙男女，毛穎德蹙眉凝視著那張記憶卡，緩緩的搖著頭。

眞是不可思議，不管大家找了多久，他都看不到什麼異狀，可是現在這張ＳＤ卡上，卻罩著一層黑色的玻璃霧，根本陰氣重重！

「燒掉……」他伸手想拿，交給夏天他不放心。

結果有隻手更快，倏地抽走夏天指尖上的記憶卡，馮千靜正瞪著那張小卡片，滿臉不爽。

「幹嘛燒掉！這可是大家冒著生命危險錄到的東西！還葬送了一條年輕生命！」她勾勾手指，「夏天，筆電！」

夏玄允趕緊從地上拿出自己隨身帶的筆電，毛穎德卻一把抓住她的手。

「喂，這不妥當。」他的眼神瞟著，示警成分頗重。

「我就是知道不妥當才要看！」馮千靜使勁拍了桌子，「沒有總是挨打的份！」

唔……夏玄允趕緊把毛穎德的手給拉開，打開筆電蓋子，是沒看到大姐氣勢十足嗎！身為一個女子格鬥者，怎麼可以接受挨打呢！他們懂，完全懂，百分之兩萬懂！

「妳這是……」毛穎德有點無力，「郭岳洋，你出去！」

「咦？」郭岳洋一怔。

「你是當事者，不要在這裡比較好！」毛穎德向椅子後仰，對著一票往他們這兒好奇張望的其他社團社員，「我們現在要看可能是靈異影片，不想招惹的出去吧！」

「噫——」現場傳來驚呼聲，有人倒抽了一口氣，也有人不爽的嚷嚷。「幹嘛要在這裡看啦！你們不會出去看喔！」

「萬一有什麼留在我們這裡……」

砰！一拳擊在鐵櫃上，嗡嗡嗡的聲響頓時迴盪在整間社辦裡，坐在櫃子邊的馮千靜緩緩站起，拳頭還擱在鐵櫃上，粗框眼鏡下的雙眼此時此刻看起來竟然凌厲得嚇人。

「出、去。」

下一秒，所有人摸摸鼻子趕緊拿了東西就跑，郭岳洋也虛弱的起身，緩步朝門口走去。

當門關上的那一剎那，馮千靜從容不迫的插入記憶卡，她就不信到底是多囂張！就算是都市傳說也不能這樣搞吧！害得多少人摔車、住院，沒事的卻夜不成眠送急診掛點滴，甚至還活活拉了人命走！

這太過分了！

點開影片，毛穎德謹慎的距離桌子一公尺遠，夏玄允則趴在桌上，臉都快貼上螢幕，硬被馮千靜揪著領子往後退，是有必要這麼期待嗎？

影片很黑，一開始晃動得讓人暈眩，記得那時應該是在調腳架，好不容易對準了鐵絲網外，可以俯瞰到青山路，結果夏玄允就趴在網子邊，整個人硬生生擋住視線。

『夏天，你閃邊一點啦！』這是她的聲音，馮千靜挑挑眉，錄得眞清楚。

『噢！』夏玄允回著，他乖乖的往左邊挪開身子。

只是他挪開的瞬間，拍到的是鐵絲網外掛著的人影——喝！剎時間夏玄允跳了起來踉蹌向後，網子外側居然掛了一個人與他重疊！也就是說……在他期待著往青山路上望時……有人正面對面瞅著他！

媽呀！夏玄允雞皮疙瘩全數竄起，向後的貼上鐵櫃。

毛穎德忙不迭把他拉離桌邊，哼，這下子看他還敢不敢把臉貼在螢幕上，好奇咧、興奮咧！

唯馮千靜八風吹不動，她剛剛的確有嚇一跳，沒料到詭譎的身影竟掛在網外，但她不急不徐的凝視著螢幕，看著那身影正對著攝影機，背光嚴重，甚至連是否穿著紅衣都看不出來。

沒幾秒，人影從左邊出框，消失在畫面裡，畫面拍到的就是正常的鐵絲網、不遠處的路段，以及來往不絕的汽機車。

緊接著是她跟毛穎德在竊語的聲音，有些距離加上壓低聲調所以錄得不清楚，毛穎德心裡暗忖好加在，沒讓夏天知道他有靈異感應；下一句清楚的聲音卻來自於羅佳茹：『我怎麼了嗎？』

接踵而來的就是一連串的兵荒馬亂，尖叫聲、奔跑聲、模糊的吆喝聲，畫面裡拍到的依然只有夜景，和偶爾傳來的交談聲，以及夏天退到鐵絲網邊的身影。

然後叫聲越來越大，馮千靜聽見自己高喊小心的聲音，相機開始搖晃，啪的倒下，畫面裡映照的是黑幕夜空，錄到的是驚恐的尖叫聲。

馮千靜的吼聲、羅佳茹驚恐的叫聲，一切都清晰可辨，可是倒下的相機依然只有夜空。

『報警！快報警！』下方有人喊著。

『哇啊！啊！』郭岳洋的哭聲就近傳來。

馮千靜記得後來他們彼此會合，誰也不敢輕舉妄動，等著警方到來；只是夏天很快的就清醒，將相機記憶卡取走，誆稱他意圖錄影卻忘記放卡了。

馮千靜將手放上滑鼠，準備將視窗關閉。

電光石火間——該只有星空的畫面倏地出現了一個紅色的身影！

馮千靜顫了一下身子，毛穎德趨前按住她的左肩。

藉著後方的燈映照，那眞的是紅色的衣服，瘦小體型的確是孩子，它彷彿好奇般的望著鏡頭，一步、兩步的漸漸靠近。

也因此，螢幕上的畫面也越來越近，先是半身，然後是肩膀以上，接著整顆頭都塞在螢幕中，但是無論如何的近，就是因背光瞧不清它的臉！

刹——最後是一雙紅色的眼睛，佈滿了整個螢幕。

眼白裡全是血紅，唯一的黑色瞳仁閃閃發光，正睨著相機……或是他們。

『夏天你幹嘛？』毛穎德的聲音忽然傳來。

『我想先把卡拿起來！』一隻手越過相機上方，腥紅的眼睛啪的往右退去。

畫面終止，想是夏玄允那時將相機關上了，所以錄影告一段落。

馮千靜僵硬著身子坐在位子上，伸手握著滑鼠的手汗冒個不停，但還是移動食指，把視窗關掉。

「天哪……」夏玄允渾身冷汗，「它、它一直都在我附近嗎？」

「看不到就算了，不要想太多。」毛穎德說得真豁達。

那晚命案後他可以感受到不舒服的陰森，可是由於感應能力不強，加上當時一片漆黑，他哪分得出什麼黑氣不黑氣的！全世界都黑的啊，萬萬沒有想到，紅衣小女孩一直就在他們身邊！

砰！門外突然傳來重擊聲響，跟著一片騷動！

「哇——」社團門被推開來，「喂，你們的人暈倒了！」

夏玄允瞪圓雙眼，立時衝了出去，「洋洋！郭岳洋！」

毛穎德也趕緊跟上，郭岳洋倒在走廊上昏迷不醒，眾人趕緊打電話叫救護車，這算是預料中事，不睡覺身體根本吃不消，加上因為精神不佳，郭岳洋進食也不正常，鐵打的身體都會壞！

馮千靜看著倒在地上的郭岳洋，雙拳不由得緊握，她才不管什麼紅衣小女孩還是黃衣小女孩，傳說就是傳說，就算破不了，也不允許它存在！

回身走到電腦邊，將記憶卡抽出，用力握在掌心裡，拎起背包就往外走去。

「喂，馮千靜，妳去哪？」剛報完警的毛穎德連忙拉住她。

「你機車鑰匙借我。」她朝他伸手。

「……幹嘛？」

「我要下山買東西，不是輪我買日常生活用品了嗎！」她勾勾指頭，她沒機車大家都知道，「借我車子！」

「現在？」毛穎德覺得莫名其妙，但還是掏出了鑰匙，「郭岳洋現在都這樣了，妳急著去買什麼啊？」

「就是他變成這樣了，我才得立刻下山！」她高傲的昂起下巴，將右手握著的記憶卡擱到他手上，「這個該怎麼處理就怎麼處理，交給你了。」

毛穎德望著掌心裡的記憶卡……嚴格說起來，是折斷的兩段記憶卡，瞠目結舌的看著走出社辦的邋遢背影，馮千靜單手、徒手把記憶卡折斷嗎？她力氣是多大，或是說多生氣呢？

郭岳洋已經不堪負荷的暈過去了，卻挑這時間下山……啊！毛穎德一驚，跳過地上的人，連忙往電梯追出去。

「馮千靜——」他向右拐滑出去，看著電梯門正緩緩關上，「妳不要走青山路啊！繞一下一樣可以到超市的。」

馮千靜雙手插在外套口袋裡，儘管亂髮覆面，眼鏡遮掩，但是仍掩飾不了那雙眼底翻湧的怒火。

不走青山路，她下山有屁用啊！

爸爸其實是不准她騎車的。

格鬥家的財產就是身體，她全身每個地方都異常珍貴，站在擂台上時，是要用全身的氣力跟技巧去戰鬥，這樣的身體，容不得一絲一毫的傷害；騎機車這種完全屬於危險行爲，一旦摔車，挫傷骨折都會影響訓練跟比賽。

不過，爸爸沒阻止她學，就算不能騎也得會，在安全的環境下騎，爸爸希望

發生任何萬一時，他們家的孩子都得有應變反應能力。

今天輪到她買生活用品，冰箱上頭的行事曆早有排班，大家各自要採買的東西也貼在冰箱上了，超市就在青山路尾端，沒有理由捨近求遠對吧！

馮千靜戴妥全罩式安全帽，她跟之前的室友不一樣，不是刻意要去挑戰都市傳說！她單純的，只是看不慣朋友莫名其妙的喪生，室友被一個沒人搞得清楚的東西搞到精神耗弱！

沒人能搞清楚，就由她來搞清楚吧！什麼都市傳說她根本不想管，她只想知道紅衣小女孩是哪個晚上不回家在路上溜噠的死小孩！

從學校側門出發，她不知道遇見死小孩有沒有什麼契機，所以她還是很認真的要去買東西，購物袋跟錢及清單都備妥，催下油門便往下坡路段騎去；青山路很斜，越到髮夾彎越陡，她熟練的穩住重心壓住煞車，專心的眼觀四面。

今天天氣很好，不像郭岳洋同學出事那晚的滂沱大雨，視線清晰，路燈已然亮起，所以沒理由看不清楚；髮夾彎在前，她刻意騎在中間，不讓自己太偏一旁的小陡坡，也不讓自己太逼近雙黃線。

現在路上剛好都沒車，紅衣小女孩的傳聞沸沸揚揚加上三條人命，除了不知情跟不信邪的外，沒有幾個人這麼大膽。

穩穩的向左拐，她壓緊煞車，絕對不讓自己太快，免得失去看見那傢伙的時間——說時遲那時快，右手邊冷不防的衝出一個紅色的身影，就站在她前方偏左的地方！

紅色的連帽洋裝，她看得非常清楚，龍頭只要向右，根本就不會撞上！

馮千靜向右移，讓車子偏向右邊，那紅衣小女孩倏地抬起頭，面向了她……在大燈的照耀下，她只看見一張扁平扭曲又血肉模糊的臉，活像一片被壓爛的比薩！

就是比薩，那不是顆頭，是扁平的不知道什麼東西！

唯一可以辨識的，是那張歪斜的嘴，宛若驚恐的瞠大朝她尖叫！

這駭人的景象反而讓她一時失去重心，機車立即歪斜，她嚇得趕緊回神，感覺到自己似乎擦過了那紅衣小女孩，一掠過它立即煞車！

撞到了！

她緊張的扭身向左後方看去，後頭沒有其他車子，更別說什麼紅色連帽洋裝的女孩了，她的身高比想像中的還大，根本國中生，不是她以爲的小孩子，只是很瘦！

不是沒見過奇怪的現象，剛剛那個憑空衝出的眞的不是人！

10
20
30

好了，她看見了，雖然沒撞到但是切實見到了，接下來才是重點對吧。

馮千靜做了個深呼吸，直視著前方，緩緩催油門往前，每一個看過紅衣小女孩的都說，當發動車子後，會看見它在後面窮追不捨。

時速維持二十的慢速，馮千靜一邊騎一邊瞄著後照鏡，期待著能看見奔跑的女孩，不過也是要留意前方，畢竟前方將有個右彎往下，彭宏達就是分神才騎進轉彎上來的砂石車輪下。

遠遠的沒見到車燈，好像沒車上來，她把注意力移向了後照鏡……咦？就在剛剛她差點撞上的地方，曾幾何時又站了紅色身影，女孩正面對著她，然後邁開了步伐——它跑過來了！

雙手呈手刀狀，每一次的擺動都很誇張，右手手刀會橫出左腰側，左手手刀會橫出右腰側，整個人上半身是不停左右扭腰的，伴隨著跨得很大步的速度，她甚至懷疑紅衣小女孩根本是用飛的！

她將速度調到三十，紅衣小女孩依然追上，再到四十，它根本越來越逼近，看著圓圓後照鏡裡的整個身體、到半身，緊接著她得即將要再一次看見那張爛掉的比薩臉了！

就是現在！馮千靜倏地將龍頭往左邊轉，將機車打橫，側邊壓車急煞，如此

就能正面迎向那個紅衣小女孩！

一切都太快了！她一停下立即挺直腰桿，伸直雙手做STOP狀，原本以爲如此可以正面對著衝來的紅衣小女孩，但是當馮千靜一扭身時，卻什麼都沒看見！除了無車的馬路上，沒有什麼詭異姿勢的女孩，也根本沒有人在後面追她！

咦？馮千靜怔怔的看著馬路，搞什麼東西？它不是追得很辛苦嗎？她跳下摩托車，往著後頭的方向步行尋找，上下左右都看了一遍，對向車道掠過了兩台轎車，輕按喇叭像是在問她發生什麼事，爲什麼把機車橫在馬路中間。

她伸手示意沒事，看著轎車掠過她身邊，在髮夾彎轉彎向上後，馮千靜又在原地轉了一圈，可惡！人呢？追得這麼辛苦，她不是停下來了嗎？俗辣！

帶著微慍回到機車邊，將龍頭轉正，她不是喜歡惹是生非，也不是喜歡試膽，只是這件事總要有個解決，否則難道要看郭岳洋日日衰弱下去，或是下一條人命再丟失？

「同學！」對向車道的路邊，有個人在大吼，「同學！妳有沒有怎麼樣？」

馮千靜有點錯愕，那是個光頭大叔，左右張望看了一下來車，趕緊跑到她身邊來。

「我、我沒事。」她狐疑的望著他。

「啊我聽見煞車聲，我以為又出事了！」大叔二話不說蹲下來，像是檢查她的輪胎，「妳這輪胎不行了啦，抓地力不夠，下次再這樣煞車A出代誌啦！」

「是喔？」馮千靜這才留意的低首探視，毛穎德的輪胎果然沒什麼胎紋了，「我借來的啦！」

「借來的喔？那好，記得跟妳同學說這樣太危險了，這裡下坡捏，萬一又下雨就不好了。」光頭大叔指向左手邊，近在咫尺的彎道口，「我的店在那邊啦！」

馮千靜順著看過去，唉呀，原來大叔就是轉角的青山機車行啦，這路段唯一的機車行，算是路衝，剛好在彎道邊。

因為這些彎道挺常出事的，機車行的生意倒是不錯，而且收費也很合理，她記得聽同學討論過好像叫……

「你就是光頭王喔！」馮千靜一時衝口而出，都忘了掩飾，「啊，對不起，我不是故意的……」

「哈哈哈，沒關係啦，大家都馬這樣叫我！」光頭王邊說，邊拍響著電燈泡般的頭顱，清脆得很，「那個我店裡的輪胎也不錯，妳同學需要的話可以來找我喔！我可以順便幫車子做檢查！」

「好！謝謝！」馮千靜邊說邊把車子牽到旁邊去，雖然下山的方向始終沒什麼車，光頭王笑著跟她說再見，回身準備穿越馬路走進店裡。

光頭機車行……她是說青山機車行，店位在路衝，可以很清楚的看見路況對吧？

「光頭王！」馮千靜突然叫住他，他差點就要穿越馬路了。

「厚！妳嚇死我！」光頭王驚慌的回頭，「怎麼了？」

「歹勢啦，我想借問一下，你都在店裡的話……知道最近發生的車禍嗎？」

「當然馬知道，嚇死倫了那天！」光頭王一臉激動的說著，「那天雨眞的太大了，根本什麼都看不清楚，可是我有聽見煞車聲，跑出來看就看見兩個同學在路上找東西，那時我就想說有夠危險，他應該停旁邊一點，萬一後面有車看不見他們就不好了……不過後來他們很快就又騎上去了。」

「然後呢？你除了那兩個同學外，還有看到別人嗎？」馮千靜在意的是這點，聽見煞車，只怕是跟她一樣以爲撞上了紅衣小女孩。

「沒啊，我就沒看了啊，不過我有注意到那個大台的砂石車開上來，我跟妳說那個車子開得很慢，下雨天上坡誰會飆車啦，我這個彎雖然很寬但是大家還素會小心啊！」光頭王說得頭頭是道，「可是我就聽見砂石車一直叭叭，聽得我雞母皮都起來了，接下來砰的好大聲我丟知道害了！」

這麼一說，馮千靜也想起那天新聞裡，有個穿著警示背心的光頭男，只怕是在協助吧？

「所以您是第一個在現場的對吧？還幫忙指揮交通。」

「唉，肖年郎騎車不能貪快啦，我在這邊幾十年了，看過的車禍眞的太多了！」光頭王無奈的搖搖頭，「都馬是我第一個報警的，我到現場去看著司機，那個機車碎糊糊，少年狼都在下面……」

「還有呢？」馮千靜嚥了口口水，「有看見任何一個穿著紅衣的人嗎？」

剎那間，光頭王一顫身子，臉色刷白的看向馮千靜，瞪圓的雙眼有些惶恐，雜亂的濃眉皺起，顯得慌張。

「妳妳妳妳是說那個什麼都市傳說喔？」光頭王果然知道，「不要嚇我了，我的店就在這裡耶！」

「您在這邊幾十年了，之前有看過或聽過嗎？」馮千靜緊張的追問。

「厚，阿彌陀佛阿彌陀佛！我沒聽過啦！根本以前就沒有啊！」光頭王擺擺手，顯得很緊張，「說眞的啦，路上什麼都有啦，這車禍也多，我的店還在路衝，常有人不小心衝過來就算了，我都擺一堆八卦鏡擋煞……可是噢，眞的問我

有沒有看見什麼？還真的沒看過！」

馮千靜難掩失望，不過想想也是，如果光頭王早就看過，紅衣小女孩的傳聞也不會這幾個星期才興起了。

「我知道了，謝謝你喔！」馮千靜禮貌的道謝。

「唉，不會啦！」光頭王頓了一頓，「同學妳在找那個喔？」

「也不是……上星期出車禍的那個是我朋友的同學啦，但我朋友說他有看見那個紅衣小女孩，接著他就生病了，後來很多人都看見。」馮千靜不知道該怎麼解釋起，也懶得說太多，「反正我就是想來看看，到底有沒有這個都市傳說！」

「是朋友喔？唉，眞不幸，才幾歲……不過妳這樣說，我是有發現到最近很多緊急煞車，還有騎得好好的突然摔車。」光頭王認眞的回憶著，「都我去幫忙扶起來，車子在我店裡修，他們都說差點撞到人，可是一轉眼就不見了。」

馮千靜點點頭，「聽說他們就是看到紅衣小女孩。」

「啊我是會毛啦，可是說眞的，這裡怎麼會有什麼紅衣小女孩？」光頭王搖搖頭，指著馮千靜的右手邊，「妳看那邊是邊坡，這麼陡，摔下去還會受傷骨折咧，另外這邊是山壁，沒有人可以躲啊！」

「所以才叫都市傳說啊！」她擠出笑容。

「賣賣賣！」光頭王雙手合十，「我已經嚇得去多求幾個符了，阿彌陀佛，不要來嚇我，拜託拜託！」

馮千靜輕笑著，重新跨上摩托車，再三跟光頭王道謝，說好了如果這兩天跟同學有來這邊會去檢驗一下車子跟換胎。

光頭王開朗的招手，趁著兩邊無來車就過了馬路，筆直的往路衝的店裡去；馮千靜催油門發動車子，維持不快的時速往前，路過機車行時，對面的光頭王還在說再見，她笑著向右彎下去。

彎過去就是條筆直寬廣的緩坡青山路，遠遠的可以看見超市的大招牌在黑夜裡發光，雖然沒有機會問清楚，不過她也算是看見紅衣小女孩了吧？接下來會發生什麼事，老實說她有點期待。

不過，最好不要有人以爲她會乖乖挨打。

摩托車往前直行，寬大的路讓她加快了速度，扳下安全帽的罩子，避免寒風刺骨，超市在左手邊，所以她得騎到中線，等等找機會彎進去。

瞥了一眼後照鏡，確認後面沒車，但是……卻看見狂奔的身影！

什麼！馮千靜嚇了一跳，她的後照鏡裡映著紅衣小女孩，曾幾何時就在她車尾，伸出超骨感染血的雙手，一把握住她的機車後握把！

「搞什……」她伸手向後，意圖扳掉那隻手，但是瞬間整台機車居然向左傾斜！「哇！」

馮千靜當機立斷，絕對不能被車子壓著一起滑動，對面還有車急駛而來，她必須——以背著地，她隻腳踹向機車，讓自己向後彈飛，雙眼瞪著那倒下機車的後照鏡裡，紅衣小女孩那張扁爛的臉彷彿正在微笑。

我們沒完沒了了，給我記住！

砰！

第五章 身後的狂追

「所以我很抱歉，我不是故意的。」她嘆口氣，但眉宇之間帶著怒氣，「我原本以爲在青山路上段時事情就結束了，誰曉得那傢伙居然陰險到在大路段也追來！」

她邊說邊緊握雙拳，看得出來她非常不爽，事實上從馮千靜進醫院開始，她渾身就散發著生人勿近的氣息，不知道是誰惹她生氣……但是搞半天是她自己摔倒，還讓機車去撞到對向轎車，轎車車主氣得半死，也正在做筆錄。

因爲調查與筆錄花了不少時間，讓毛穎德一直沒時間探究：摔車的原因究竟是什麼？

結果，居然是紅衣小女孩——她果然走青山路去超市了！

「妳看見了？」夏玄允喜出望外的逼近，「是它害妳的嗎？」

「你是在高興什麼！」馮千靜很想一巴掌打下去，「那傢伙照例在我身後追，第一次沒成功，第二次我都快到超市，青山路末尾喔，它居然冷不防出現在車子後面，還扳我的扶把！」

「移動車子嗎？」毛穎德相當吃驚，「所以妳才會摔車啊……」

「對，我那時靠中線正準備左彎朝超市過去，它冷不防的就現身了。」馮千靜點點頭，微瞇起眼，「放心好了，我跟它沒完的！說說郭岳洋吧，怎麼樣

了？」

夏玄允一提到郭岳洋，臉色就會變得略微嚴肅，「正在打點滴跟營養針，醫生說他整個人都快垮了，再不睡覺、不進食，只怕遲早會死。」

「所以給他打鎮定劑了嗎？可只怕他一旦沉睡，又會進入惡夢之中……」馮千靜深吸了一口氣，「你們應該去陪他的。」

「他做過惡夢了，醫生後來改打另外一種藥劑，想試著不要讓他做夢，但成效不大。」毛穎德緊皺著眉心，「睡著沒多久就會囈語驚醒，他一直在這個循環中沒有停過。」

「是嗎？」馮千靜挑了眉，「接下來就看我會不會做惡夢了！」

夏玄允跟毛穎德同時緊張的望向她，這女人剛剛才看見紅衣小女孩，甚至被追著而摔車，口吻怎還能如此輕鬆？

他們兩個人站在她的病床邊，急診室人滿爲患，所以她被移到外頭的走廊上，整條走廊幾乎都是病床，全都是等待恢復的患者；護士一床床搜尋，直到她的床尾，看了一下牌子。

「馮千靜同學嗎？」護士微微一笑，「X光片出來沒事了，不過還是請妳待到天亮再走，我們還需要觀察！」

「嗄？」馮千靜皺眉，「現在要我走上山都行！」

毛穎德趕緊壓下她，朝著護士點頭，「我們知道了，謝謝！」

她不耐煩的嘆口氣，只好依言躺下，冬天很冷，醫院裡更冷，到處是哀鳴與哭泣聲，她聽了就不舒服。

「我留在這邊陪妳吧。」毛穎德看向夏玄允，「夏天，你去郭岳洋那邊看看。」

「嗯，我知道了。」夏玄允難得正經，趨前看向馮千靜，「小靜，妳要小心，多多注意自己。」

「知道。」她微笑，「謝謝你們。」

「不，是謝謝妳。」夏玄允笑了起來，永遠是那樣的可愛，「我知道妳爲什麼會冒險騎青山路下去。」

馮千靜豎起大姆指，自傲的笑著，「該做的事還是要做，別忘了。」

「知道，我會趕緊收集全部資料的！」夏玄允轉身才要離開，手機聲居然大作，惹來附近所有人的白眼！

他嚇得趕緊取出卻沒接，先把音量按掉，毛穎德皺了眉，「那不是郭岳洋的手機嗎？」

「他現在哪能接啊！當然我先保管啊……沒看過的號碼耶！」夏玄允轉給他們看，「市話，很奇怪！」

就算郭岳洋有裝Who's call，還是沒有顯示出那支電話是誰的，市話還挺詭異的，既是不認識也就不好接了。

「如果再打我再接好了！先走了。」夏玄允跟他們道別，他要收集所有關於紅衣小女孩的都市傳說、青山路發生過的事、學校曾有的傳說，最好全部都收集齊全，再來做交叉比對，找出關聯的事故。

一排排的病床區陷入了低語與靜謐，間雜著偶爾疼痛的低鳴，毛穎德搬了張椅子坐在她病床邊，打量著她全身上下。

「我有怎麼了嗎？」她睜開雙眼。

「不太對勁，我在郭岳洋身上沒瞧見，但是剛剛在急診室第一眼見到妳時，我以爲妳穿著紅色的外套。」

但是，現在掛在床邊的羽絨外套，是深黑色的，馮千靜根本沒有紅色的衣服。

她翻過身，正面向上，緩緩吐出一口白煙，醫院裡果然很冷，「我想喝杯熱的，可以幫我嗎？」

「有小七，熱拿鐵可以嗎？」他起身，將掛在扶欄的外套再往她身上覆蓋。

馮千靜點點頭，毛穎德即刻離開了病床邊。

望著雪白的天花板，鼻息間都是藥水味，在醫院這種生死交界中，紅衣死小孩會出現嗎？她如果現在睡著，它就會到夢境裡來找她嗎？

下意識拉緊了羽絨外套，怎麼這麼冷啊？都是寒流的天氣，冷氣還需要開這麼強嗎？馮千靜皺著眉把自己埋進外套裡，背部隱隱作痛，雖說初步沒什麼傷，但撞擊還是會痛，幸好最近要考試不必回家，要不然給爸知道就死定了。

蹙著眉小心翼翼的翻身，躺著背還是好痛，受傷的是左背，那就側右睡吧，馮千靜向右轉去，往前望去只見病床排排相連，看不見盡頭，靜下來後疲憊感即刻襲來，精神緊繃後帶來的疲倦感勝比運動。

才要闔眼，距離五個病床外突然站個紅色身影。

馮千靜即刻瞪大雙眼，看著那不該出現的身影，紅色連帽洋裝低垂著頭，默默的站在某張病床邊，彷彿正看著她……不，應該就是看著她吧！

它不動，就這麼側著身與之對望，紅衣小女孩也未曾動過，只是站在那邊跟雕像似的，它不像實體，有些模糊透明，也或許是因爲背光的關係，天花板的燈相當刺眼。

「啊……」第四張病床傳來呻吟聲，家屬急急忙忙的移動腳步去找護士，幾個人影移動，一下就擋住了紅衣小女孩，等他們再移動時，紅衣小女孩便消失了。

嘖！馮千靜難掩失望，她原本期待些什麼的。

連醫院都跟來，是想對付她？還是郭岳洋？他們兩個誰都沒撞上它吧？就民俗來說，這不算冒犯！就現實來說，它倒是大大冒犯了他們！

喀啦，病床門的活動扶把輕晃，來自於她的身後，側躺著的馮千靜只當是隔壁床的家屬擦過，不以為意。

只是，當壓力明顯襲來時，她開始感覺到不對勁了。

身後那個「人」，走過來後就沒有離開……左手邊的病床沒有說話聲，她甚至可以聽見那男人打呼聲，這個家屬動也不動的站著嗎？

喀啦，她的扶把再被晃了一次，對方正握著扶把！躲在她受傷的背後，有夠不光明磊落的。

「有本事到這邊來。」馮千靜冷冷的開口，下一秒冷不防的翻身而起，猛然往左手邊看去！

沒人。

她明明已經夠迅速了，還是能躲這麼快！她半坐在床上望著左手邊，隔壁幾個病床邊的家屬用奇怪的眼神瞅著她，但事不關己也就繼續打盹或低語，她心跳加速的環顧四周，有本事來了幹嘛躲！

啪！一個詭異的聲音從她右手邊響起，就在她專注盯著左邊的時刻。

馮千靜深吸一口氣，緩緩的看向右邊，一隻手從她的床底下伸出來，牢牢的握住她的活動扶把，那手背既死白又濕潤，處處破皮爛肉又見骨，蛆蟲在傷口裡鑽動。

她嚥了口口水，小心翼翼的再轉過去一點，可以看見從床底下伸出的手肘也有著駭人的傷口，但接著就被長袖洋裝擋住了，往下延伸……馮千靜緩緩將右手滑進枕頭下面，握住了手機。

上來啊！她在心中喊著，有本事就上來——電光石火間，她倏地也握住扶把，彎身往下探去——床底下同時也迎上那張駭人的臉龐，直接朝馮千靜撞過來！

那是張血肉模糊又裂開的東西，若不是它好端端的黏在頸子上，她根本還看不出來那是頭或是臉！

右手持著的手機毫不猶豫的就往那頭顱敲去，可是紅衣小女孩更快，另一隻

手倏地箝住她的手腕，力道大得一秒就讓她吃疼，並且止住她的攻勢！

兩顆眼珠子彷彿從胃裡吐出來似的，咕嚕咕嚕的從應該是嘴巴旁的裂口往上鑽動，回到了本來應該存放眼睛的位子，馮千靜不只覺得這麼令人膽寒，她更覺得噁心！

「放手！」她咬著牙，試圖掙脫右手，卻根本動不了。

握著扶把的左手意欲抽起，紅衣小女孩的另一隻手也飛快的箝握住，她疼得皺眉，手腕彷彿要被掐斷似的，卻無論如何都掙不開！

紅衣小女孩緩緩站了起來，全身散發著惡臭，它正在滴水，嘩啦嘩然的身上彷彿裝了水管似的流不停，腐臭味盈鼻，直到它站直身子，馮千靜才發現它看起來的確應該是小學高年級甚至是國中生的年紀。

它忽然張大了嘴，黑洞在那爛掉的臉上越撐越大，幾乎都要佔掉半張臉了，緊接著朝她貼了上來。

「妳少碰我！」馮千靜向後退去，怎知紅衣小女孩輕鬆一拽，就將她拉近身前！

順著這個力道，馮千靜毫不猶豫的就使出一記頭搥，不顧一切的往那噁爛的頭顱敲下去——像極了把頭撞進一堆爛掉的泥濘裡的感覺，馮千靜甚至沒有感覺到痛，只感覺血肉橫飛，向外四濺，然後她倏地被紅衣小女孩甩了出去！

從病床上騰空飛出去，她根本措手不及，就這麼——喝！

「馮千靜！」手突然被人包握住，馮千靜驚恐的跳開眼皮，眼簾裡塞滿了毛穎德的臉。「馮千靜！」

她倉皇的看向他，旋即緊張的坐起身子，左顧右盼……她人好端端躺在床上，汗濕了整件衣服，剛剛那是夢？心臟幾乎都要跳出來了，她焦急的挽起袖子，望著自己的手腕。

毛穎德執起她的手，看著紅色的抓握痕跡緩緩浮現。

「馮千靜……」他知道了。

「模仿這個痕跡抓我！」她舉起雙手，毛穎德依言順著姆指跟食指的方向握住，「對，我手擺這樣……然後……」

毛穎德抓著她的右手，動作像是阻止她想往自己身上打來，而左手的動作卻是從另一個方向握住，只見馮千靜將左手放在扶把上，她剛剛的確是這樣被制住的。

「做夢了？」他擰眉。

「可眞看得起我，速度很快。」她吁了口氣，滿身是汗，「你過來時我在幹

嘛？有說什麼夢話？」

「只是在掙扎，聽不出來說什麼，兩隻手驚恐般的在空中揮舞。」毛穎德搖了搖頭，「我實在搞不懂妳跑去淌這個渾水幹什麼？」

「我想知道這個都市傳說怎麼發生的，又要怎麼破解！」她撫著胸口，心臟仍在不規律跳動，很不舒服的緊窒感，「拿鐵呢？」

她伸手，喝點熱的會舒服些。

「沒買。」毛穎德雙手插入褲袋，「我剛出去不放心，回頭瞥了一眼，看見紅衣小女孩轉進走廊。」

什麼？馮千靜瞪大了雙眼，握住他的手，「你看見它走過來？等等，你剛出去就折回來了？那我睡了多久？」

「如果用我離開後開始算。」毛穎德舉起腕間的手錶，「二十七秒。」

折騰了一夜，馮千靜也陷入了不敢入睡的情境，她其實很想睡，但是潛意識裡總是抗拒著睡覺這件事，無論如何都睡不著。

毛穎德也陪她通宵，徹夜未眠，直說醫院氣氛太可怕，陰氣森森到他無法安穩入睡，其實他一直試著搜尋那神出鬼沒的紅色身影，搞得大家都神經兮兮；最慘的依然還是郭岳洋，聽說醫師用藥後他陷入深度睡眠，但是卻不停的尖叫嘶吼，在床上掙扎不已，醒不過來的下場就是深陷駭人的惡夢。

一整夜，馮千靜連想像都不敢，只知道郭岳洋醒來時歇斯底里，怒吼著絕對不能讓他睡覺，他不能閉上眼睛！

夏玄允回來哭著說，再這樣下去，洋洋不是會死，就是被判定為精神異常。這讓夏天下定決心，要速戰速決，研究紅衣小女孩傳說的起源、找出癥結點，並且結束它，才能結束郭岳洋跟其他人的惡夢。

今天星期六，夏玄允一大早就用群組LINE發給所有看過紅衣小女孩的人到社辦集合，假日社辦不會有其他人，他們可以自由使用另外兩個社團的空間。

馮千靜回來後沖了個澡，抖擻著精神，毛穎德在廚房煮咖啡，他們每一個人都沒有睡過，深深領悟到睡眠的重要。

站在門後的穿衣鏡前，馮千靜剛吹乾頭髮，將頭髮用得又蓬又亂，再從衣櫃裡拿了件寬鬆的運動服套上，接著稍微活動活動筋骨，只是一挽起袖子，就看見那開始轉成暗紅色的瘀痕，這讓她不由得怒從中來。

重新站在鏡前，確定服裝儀容ＯＫ，戴上大黑框眼鏡，正事歸正事，她還是

得維持一貫的邋遢！取過鏡旁勾子上的衣服，再回身到椅子邊拿過包包，才一揹上肩，就看見鏡子裡映著的不只她一個人！

遠遠的，在遠方某棟建築物的頂樓上，站著紅衣小女孩！

靠！馮千靜倏地回首，她的房間外有小陽台，附近當然也有其他建築，大概幾十公尺遠有棟公寓，一旁有七層樓高的華廈，紅衣小女孩就站在頂樓！

可惡的是當她衝到陽台那邊去看時，七樓華廈的頂樓根本沒有人影，可是再轉回鏡子細瞧，鏡子裡映著的紅色身影清清楚楚！

這根本是……俗辣中的俗辣嘛！躲在鏡子裡犯事嗎？馮千靜不敢有一絲懈怠，趕緊衝回鏡子前，專注盯著頂樓的紅衣小女孩，它一如往常般的默默站著，然後才緩緩的舉起手……又呈手刀狀，下一秒開始全力衝刺！

它一骨碌躍下了七樓頂樓，朝著她這裡狂奔而至，足不點地的直接衝來，彷佛地心引力跟空氣、其他建築物跟樹木都不是問題，就這麼一路穿過，拼了命的朝她跑來！

這太扯了！這樣不停的在人家後面追著跑，究竟爲了什麼？

看著紅衣小女孩宛如踏足平地般的奔來，馮千靜回首幾百次看見的還是空無一人，她緊握雙拳等待著，她也想知道……從鏡子裡這個紅衣小女孩到底能幹

嘛？

她看著紅衣小女孩奔到了她窗外，越過她的陽台，如入無人之境的穿透她的陽台玻璃窗，一直來到她的身後——它伸長了手，像是想搆著什麼似的，馮千靜幾乎算準了距離，回身就是狠狠一拳！

她閉著眼睛，憂心自己被誤導，畢竟現在是現實中看不見的東西從鏡子裡奔來，所以她寧願用鏡子計算距離，不要被眼睛所矇騙！

使勁一揮，勾拳擊中了什麼，她清楚的感受到依然軟爛的觸感，她清楚的聽見悶哼一聲，緊接著下一拳卻被緊緊握住，並且被一股力量往前拉扯……拉扯？馮千靜跳開眼皮，她眼前什麼都沒有，可是她的身體正被往陽台拖去！

馮千靜什麼都沒得抓，她雙腳死命的抵住地板，刻意將身子往地板坐去，趁機回頭一瞥，紅衣小女孩就這麼拉著她的右手往陽台拖，她越死命把它往下扯，它就更用力的想將她提拉起身。

它要把她拖去哪兒？拖出去？還是跟羅佳茹一樣帶去什麼地方？紅衣小女孩的右手果然再度舉起，指向了遠方，看起來很像她跑過的方向。

喂！她又不是紅衣小女孩，能夠在半空中奔跑，她知道一旦被拖出去，等等翻過陽台她就死定了，因爲，她住十八樓啊！

「放手！放手——毛穎德！毛穎德！」她扯開嗓子尖叫著，「夏天！」

馮千靜整個人都坐在地板了，強大的力道依然把她往陽台拉去，偏偏她剛剛因爲察看紅衣小女孩時將落地窗開了個縫，現在它就將她朝那個縫拖去！

一定有辦法的，她絕不能就敗在這裡！一定有——當她被拖進陽台裡時，地上的雜物給了她機會，於此同時，門外傳來了敲門聲。

「馮千靜！馮千靜？是妳在喊嗎？」

「開門！快點！」馮千靜大喊著，「它打算拖我走！」

她死扣著門緣，就算把門拆了都甘願，也絕對不要走上跟羅佳茹一樣的路！

外頭毛穎德聞言即刻踹開門，他驚訝的看著扳著門緣的馮千靜，還有包裹著她全身上下一抹紅色影子！

「鏡子——」她歇斯底里吼著，「在門後！」

夏玄允在外面嚷著怎麼回事，才要進來就被毛穎德猛然的關門撞上鼻頭，關上門時毛穎德就傻了，從門後的鏡子瞧得一清二楚——紅衣小女孩正拉著馮千靜的右手，想要往外頭去……跟那天晚上在球場時一樣！

回首，他不假思索的從她書桌上隨手抓了東西，狠狠的就朝鏡子上砸了過去！

鏗鏘迸裂，鏡子裡的紅衣小女孩驚恐的鬆手，它甚至雙手擱在嘴邊，發出了他們第一次聽見的聲音：

『**啊啊——**』

稚嫩的，年輕的，女孩聲音。

馮千靜的右手頓時被鬆開了，拉扯的力道瞬間消失，毛穎德趕緊衝過來將她拖進房裡，並且將落地窗關上落鎖，此時夏玄允推開房門，不可思議的看著一地的鏡子碎片，還有躺在地上不想動的馮千靜。

「我看看。」毛穎德拉起她的右手，她疼得皺眉，「脫臼了嗎？」

「嗯，我自己喬一下就好。」她無力的說著，整個手肘通紅，「它很認眞的要拖我走。」

「它？紅衣小女孩來過了嗎？」夏玄允丈二金剛摸不著頭腦，「鏡子是怎麼回事？」

「它從鏡子裡頭追我……」馮千靜有氣無力的說著，「跟那天晚上、跟每個人一樣，從後面拼命的追上來，抓住我……好像想帶我去哪裡。」

毛穎德將她扶起身，警告夏玄允別進來，萬一踩到碎片就不好了，並要夏天負責準備冰袋，馮千靜得冰敷發紅的手腕。

「我自己可以走，沒這麼弱。」她甩開他。

「一晚沒睡剛剛又生死關頭，妳腎上腺素也燃燒得差不多了吧？」毛穎德無奈的搖頭，「我先把碎片掃掉好了。」

「別。」馮千靜聽見在廚房裡忙的夏玄允，趕緊趁機問他，「你剛進房有看到什麼嗎？」

「妳身體週圍都是紅色的氣……之前我說過房子怪怪時是黑色的對吧？妳是紅色的。」毛穎德沉重的說，「不過那不是好東西。」

「怎麼可能會是好的……你還有什麼佛像什麼符的可以借用一下嗎？」她伸手。

「上次給妳的呢？」之前為了對付上個「傳說」，他去廟裡求了些啊！

「放在家了……幹嘛那個臉啦，我怎麼知道會再用得到！誰想用啊！」她超不爽的，「再給我幾個，我想試試能不能對付她！」

「好！」不然他能說什麼？「現在不要逞強，讓我扶妳過去，碎片到處都是妳跨不過去的！」

馮千靜來不及抗議，整個人攔腰被毛穎德抱起，自房門內搬到了房門外……她有些錯愕，毛穎德力氣也不小耶！

「冰袋準備好了。」夏玄允在餐桌邊備妥，「然後誰快點告訴我怎麼回事！」

只見馮千靜面無懼色的勾起嘴角，「它只會從後面追。」

「嗯？」沒人聽得懂。

當然沒人聽得懂。

「它永遠只會從鏡子裡、從人的身後追上來。」馮千靜用這幾秒的時間，咬牙喀嚓兩聲把脫臼的手給接好，「還搞不清楚嗎？它從來沒有從正面、或是別的地方出現，每個看過的人都說，從後照鏡看見追來的紅衣小女孩，可是回頭都沒有！」

「對，沒錯啊！」夏玄允忙點頭，「可是它剛剛在妳房裡嗎？這裡不是馬路上啊！」

「路不是一定的，紅衣小女孩的都市傳說不是有很多，一開始就是在山裡，馬路上的傳說反而幾乎沒人聽過！」馮千靜亮著雙眼，「我覺得一切來自於後照鏡，讓人去把郭岳洋病房裡所有會反射的東西都搬離。」

「反射的東西……好！」夏玄允立即點頭，「他爸媽已經到了，我打通電話給他們就可以了！」

「嗯，如果有其他也在住院的同學也一併告知吧，我推測多少有效果。」馮千靜略微放鬆，緩緩坐下，「昨天在醫院時，我想也是因爲扶把上的銀色反光……」

夏玄允已經即刻轉身去打電話了，毛穎德將冰敷袋遞給她，有些擔心她的狀況。

「妳眞的……沒事嗎？」

「沒事，脫臼已經喬好了。」她邊說還邊轉動手肘以茲證明，「我肚子餓了，趕快吃飽補充能量後去社團吧！」

毛穎德爲她斟滿咖啡、遞上早餐，就見馮千靜扭著頸子，雖然看上去有點疲憊，但是常運動的人就是不一樣，依然神采奕奕。

「妳剛剛說，紅衣小女孩從鏡子裡追逐，我想到一件不太好的事。」毛穎德拉開她身邊的椅子坐下，心情有點沉重。

「嗯？」馮千靜大口咬下饅頭蛋。

「它是不是在找誰？」

第六章 紅衣女孩們

青山路上，突然現身的紅衣小女孩，拼命追逐的紅衣小女孩，這一切只讓人聯想到或許有位曾經被撞的女孩，然後起身追著逃逸的肇事者。

這個理論馮千靜非常同意，她聯想不到紅衣小女孩一連串的現身與舉動還能有什麼原因！她彷彿在路中央不小心被撞到，然後爬起來想追逃逸的混蛋。

「肇事逃逸啊……起身追凶手時她死亡了嗎？」夏玄允思考著，當初紅衣小女孩究竟是不是當場身故？

「不管怎樣，拖羅佳茹去死就是不對。」馮千靜不想幫紅衣小女孩找太多藉口，「還有郭岳洋，他都快垮了，同時住院的還有兩三個不是嗎？」

「對啦，我收集到的資料中，好像只要有紅衣小女孩出現，看到的人都會陸續發生不幸。」夏玄允已經列出了不少筆，「病死、意外，什麼都有，之前有個家族幾乎全軍覆沒。」

「這就是我不能接受的事，又不是去冒犯它、也沒惹它，不過就是拍到……還是它自己入鏡的，憑什麼這樣害人！」馮千靜討厭這種沒道理的事。

「這就是都市傳說啊！」夏玄允尾音上揚，「破不了的謎題、失蹤的人們、受害的人、找不到的凶手、傳說中的紅衣小女孩……」

馮千靜狠瞪了他一眼，她一點都不覺得迷人！

「大部分都市傳說都是捏造的吧，或是一點小事被人穿鑿附會、誇大流傳才會變得越來越像有這麼一回事。」毛穎德聳了聳肩，「就算很多東西證實沒有那麼回事，人們還是喜歡這種怪談傳說，所以才會一直流傳！」

「不傷人我都無所謂。」馮千靜走出電梯，社辦到了。

夏玄允趕緊走在前頭，他邀了所有見過紅衣小女孩的人來，除了稍微解釋目前狀況外，也想瞭解更細的事，目擊到紅衣小女孩的細微末節、以及看到後截至目前爲止發生的事。

「大家早！」夏玄允推開社辦大門，裡面已經來了許多人了。

大家紛紛抬頭，用不甚明亮的臉看向進來的人們，勉強擠出笑容；然而，夏玄允那燦爛的笑顏卻突然僵住，尾隨在後的毛穎德跟馮千靜才瞠目結舌，不敢相信這是怎麼回事。

在場竟有人穿著紅色的衣服，女孩子還是連帽的紅色洋裝！

「這玩笑也開太大了吧？」毛穎德忍不住唸著，「你們是嫌傳說不夠恐怖嗎？還要穿成這樣嚇人？」

「哇塞，這跟爬山穿黃色雨衣是一樣的道理吧？」夏玄允眨了眨眼，還笑出ω嘴，「你們在玩什麼遊戲嗎？」

登山者的傳說，如果遇到穿著黃色雨衣的人千萬不能跟上，傳說中那都是山魅，跟著走可能會被帶走就此失蹤；因爲傳說紛紜，所以導致登山者會互相告誡，沒事不要穿黃色雨衣，不然會被揍。

「這玩笑太惡劣了！」馮千靜低咒著，「誰讓你們穿這樣的？隨時都會嚇到人的！」

「你們不要急，我覺得他們都怪怪的！」說話的是三年級的學長大角，他倒是穿著藍色帽T，「我剛剛進來也嚇到了，可是怎麼問他們都不說話。」

一如現在，穿著紅色衣服的人只是靜靜坐著，不發一語低垂著頭，男女亦然。

夏玄允思忖了一會兒，突然向前，伸手推了就近的一個男生一下，「喂！」這聲喂超大聲的，不只是被推的男生，其他人全都顫了一下身子，還有人跳了起來，彷彿被嚇一大跳似的！

「什麼！什麼——」歷史系的林詩倪驚恐的拍著胸脯，慌亂不已！

「呀！怎麼了!?」她身邊的呂君樺也跟著尖叫起來，「這裡是……我怎麼……都市傳說社？」

都恍神了。毛穎德凝重的看著一掛好像剛甦醒的學生，狀況眞是越來越糟。

這些人之前都曾到「都市傳說社」求救過，馮千靜那天中途才來很多人沒見過，也沒認眞記，毛穎德低聲的一個個跟她介紹，她只覺得被紅衣小女孩害慘的人眞是不少。

夏玄允安撫大家坐下，一問之下，著紅衣的人大部分都知道要來這裡，但是記憶只到換衣服的時候，接下來從住宿處走到校園的記憶很片段，隱隱約約，但最後都順利抵達「都市傳說社」。

「我連我什麼時候有這件衣服都不知道……」林詩倪咬著手指，她一直都處於恐懼狀態，「我被附身了嗎？好可怕，我怎麼會自己走過來!?」

「我想脫掉！好噁心！」徐貽潔尖叫著，「它到底想怎樣啊？我受夠了！」

「好了！尖叫哭泣吵架都沒用！」黃宏亮大聲一喊，打斷了一室嘈雜，「我們是來求助的！先聽聽社長怎麼說！」

哇，黃宏亮氣勢一點兒都不輸給馮千靜，人高馬大聲如洪鐘，這麼一喊大家都靜了下來。

夏玄允用崇拜的眼神望著他，那清純可愛的萌臉就這樣衝著人家笑，看得黃宏亮反而有點尷尬兼不知所措。

啪！身後的毛穎德毫不客氣的巴頭，快點說話啊！

「哎唷！」夏玄允咕噥兼嘟嘴的回頭瞪著毛穎德，幹嘛這麼凶！「那個，昨天我們的社員以身試險，她……」

踹！馮千靜用力踹向椅腳，椅子整個往前傾，坐在上頭的夏玄允差點摔下來，這暗示也太明顯，表示這個也不能說？

「總之，我想先問，看過紅衣小女孩後大家都持續在做惡夢嗎？」

在場竟然只有一半舉手。

「不是每個人都會做惡夢嗎？」馮千靜覺得狐疑，「這是為什麼？那有什麼其他後遺症嗎？」

毛穎德看著半舉手的人們，輕啊了一聲，「會這樣區分一定有原因，沒有做惡夢被追的人，表示不需要追。」

夏玄允倒是很快的釐清，「我需要知道你們目擊到紅衣小女孩時的詳細狀況，除了看到外，你們做了什麼動作？」

先從沒有穿紅衣服的開始，為了把握時間，他們各自帶開詢問，多微小的細節都希望能知道，從看到乃至於煞車、摔車、或是是否下車察看，以及下車察看的動作。

而馮千靜負責穿著紅衣的女生，這一位總是一臉憂心忡忡，不時咬著指甲。

「看見她從後照鏡追妳時，妳的反應是什麼？」馮千靜拿本子紀錄著。

「追我？」吳佩倫有點錯愕，「我聽不懂妳的問題。」

「紅衣小女孩追著妳的機車跑時，妳應該從後照鏡看見它追上來了啊！」馮千靜充滿耐心的重述一次，得到的卻是吳佩倫更加困惑的眼神。

「它、它沒有追著我的車子跑。」她帶著不解及恐懼，又開始咬指甲了，「我就只是看見它……就很可怕了！」

馮千靜寫字的手停了下來，「沒有追著妳的車子跑？」

吳佩倫再度搖頭。

「妳看見紅衣小女孩後停車，再騎走時，後照鏡裡沒有任何追逐的身影？」她再問一次。

「別、別嚇我！那多可怕啊！有人有遇到嗎？」她都快哭了，「我真的就只是看見它在路中央而已，可是我沒有撞上它，我提前煞車了！」

不是每個人都追！紅衣小女孩並沒有追著每個看見它的人！

馮千靜看著眼前穿著紅衣的吳佩倫，沒有被追的人就不會夜夜夢見被追殺的過程，但是他們會片段失憶，甚至選擇穿上這身類似的紅色連帽洋裝！

「同學？」吳佩倫戰戰兢兢的再喚了她一次。「怎麼、怎麼了嗎？」

「啊……抱歉。」馮千靜趕緊回神，「妳剛剛說什麼？妳在之前就煞車了？怎麼可能來得及！它就在轉彎處啊！」

「還是有段距離的，我是碟煞，雖然很危險，可是看到有人在那邊我直覺就鎖死了。」吳佩倫回憶著，「我嚇得趕緊架好車往前看，卻什麼都沒看到，後面騎來的同學就跟我說我停在那邊太危險了，我那時就趕緊移走……可是我已經知道我好像看見不好的東西！」

煞車，吳佩倫提前煞了車，在撞上紅衣小女孩之前。

事實上馮千靜也沒有撞上紅衣小女孩，她選擇偏了龍頭向左，可是還是擦撞上去，嚴格說其實是撞上了。

要追與不追的分別點究竟在哪裡？

幾個人很快的問完，他們都交給夏玄允統整，原本互不認識的同學們現在成了天涯淪落人，有人飽受記憶喪失的困擾，有人飽受做惡夢與無法入睡的折磨，光就表面上看起來，無法入睡的人精神差多了。

不知道是誰突然問起停在樓下一台靛青色的機車後，氣氛才好轉許多，男生果然提到車子就會興致高昂，車子是曹江瑞的，他新買的車子還自己改車，相當有一手。

飾。

曹江瑞本來就是很有型的人，這邊跟男人聊車子，那邊也能跟女生們聊吊

「好特別喔！」女孩子們看著他的手機吊飾，非常好奇。

的確很特別，毛穎德已經看了好幾眼，只可惜曹江瑞說不能碰；那是個圓形的飾品，上頭刻著許多花紋，還鑲有寶石，看上去很有吉普賽風。

「這是護身符，除了我之外誰都不能碰！」曹江瑞高舉起給大家看，「這圖案我也很喜歡，我車子上也貼了這個圖案！」

「啊！我有看到！訂做的嗎？」大角學長甚感興趣。

眾人你一言我一語的討論著，毛穎德只覺得那吊飾給人一種很舒服的感覺，或許眞的是護身符吧！

至少話題不斷，總算將剛剛的沉悶一掃而空。

不過熱鬧抵不過現實，聊到一個段落，大家看著自己身在哪兒，心思又沉了下去。

「這件事能結束嗎？」黃宏亮語重心長的問著，「我已經知道這兩天好多人住進山下的醫院了。」

「不知道，我們正在盡力。」毛穎德客氣的回著，「我們其實也都是學生，我們也有朋友遭受其害，所以我們很努力的想找出這個都市傳說的起因，而且讓傳說結束掉。」

「一定得解決。」夏玄允默默的在一旁回應著，「不然洋洋會死的！」

死這個字說得如此輕鬆，卻帶給現場異常沉重，幾個聽了臉色陣青陣白、恐懼交加，馮千靜戳了夏玄允一下，他幹嘛無緣無故嚇人啊！

「那我們接下來怎麼辦？」紅洋裝的呂君樺眨著淚眼，「我不知道下次回神時我會在哪裡！」

「會失憶的大家盡量聚在一起，最好不要落單！」毛穎德認真的說著，「至於惡夢的，我眞的無能爲力……我們朋友昨天進醫院打了鎮定劑，就瘋狂尖叫了一晚。」

這話聽得惡夢者毛骨悚然，即使他們身體都快垮了，還是希望不要走上入院這一步。

「快中午了，大家先去吃飯吧。」毛穎德提議著，「一起去吃？」

所有人紛紛點頭，雖說「都市傳說社」只是學生社團，但是在這種無解的時刻下，他們依然是救命稻草，跟著他們大家都安心；唯夏玄允要毛穎德幫他帶餐回來，他似乎想到了什麼，急著想統計成表。

於是，一行人浩浩蕩蕩的離開社辦，紅色洋裝異常刺眼，馮千靜思忖著等等出去不知道會招來什麼異樣眼光，殿後的她反手關上門，下意識朝右手邊望去，右邊是一整條長廊，上次她還在長廊尾的女廁跟認眞尋人的娃娃對峙過哩。

大家在電梯外等著，假日沒什麼學生，電梯上來得快，馮千靜聽見叮的聲響旋過腳跟，就要右拐出去，社辦的位子在這條長廊頭，角落慣例會擺著一台飲水機，銀鋼外表，發亮的倒映著她以及遠遠的紅色身影。

什麼？馮千靜都跨出一步了又倒車，認眞的看著鋼板上映著的紅衣小女孩，再度朝她衝過來了！

「有沒有搞錯！這是學校耶！」她倏地回首，走廊上依然空無一人！不假思索的拔腿就跑，向右拐出去時大家已經魚貫進入電梯裡了，在按鈕邊的毛穎德狐疑不已的看著跑出來的她。

「怎麼了？叫這麼大聲……」毛穎德原本想問著，但是看見那慌張神色，頓時想到不好的答案。

「關門！快點按！」她大喊著！

毛穎德依言立即按下，一旁的徐貽潔還不明所以的阻止著，當電梯門緩緩關上時，馮千靜俐落的從中縫滑了進來！

她面對著一堆電梯裡困惑的眼神，沒有人知道她爲什麼搭個電梯要這麼辛苦。

「我們會等妳啊。」大角學長狐疑的扶扶眼鏡，「沒人在趕時間吧？」

有個紅衣小女孩在後面追，她當然趕啊！馮千靜尷尬的笑著，但不打算多說。

「對啊，又還沒進來幹嘛關門？」吳佩倫皺眉，「妳那樣活像在逃命似的，好像在……」

「不會吧!?」呂君樺倒抽一口氣，「眞的假的!?」

馮千靜話沒說完，但是全電梯的人都感覺到了，剛剛她那種神色跟跑法，該不會是——馮千靜做了個深呼吸，一點都不想解釋，她原地向左轉面向按鈕邊的毛穎德，使著眼色還不快點幫她解危。

但是毛穎德沒空，他正擰著眉，既沒在聽他們說話、也不在乎的越過她的頭往後看。

看什麼？馮千靜見他不幫忙才想要出手戳他，卻看見他使著眼色。後面？後面是——她轉回頭，大家依然不解的望著她，但是她卻怔住了。

電梯裡照理說有八個人……但是，紅衣小女孩還是趕上電梯了。

它就塞在這狹小的空間裡，她的正後方！

不能聲張！馮千靜緊握著雙拳，暗暗的瞄向毛穎德，現在說什麼都只會引起恐慌而已，尤其電梯才多大，社辦又高……只是她想太多了，因爲發現的不只她。

呂君樺正貼著鏡子，她看著馮千靜身邊的人影，瞇起眼皺起眉心，像是思考著這個也穿著連帽洋裝卻遮去臉的人是誰？今天穿紅色洋裝的人也不過四個，可是一、二、三、四、五……

他們不是應該只有八……九個人嗎？

「哇——」尖叫聲爆出，呂君樺驚恐的向後擠，讓大角他們根本丈二金剛摸不著頭腦，「走開！」

「幹什麼啊？」電梯裡忽然陷入一陣混亂，黃宏亮不明所以的嚷著，「拜託有事用說的不要尖叫！」

在狹窄的空間裡，尤其是僅用兩根線吊著的鐵箱裡，這種慌亂只是更加讓人窒息！

「是它！」呂君樺指著鏡子卻不敢張眼直視，「它來了！」

它？所有人立刻往鏡子看去，學校電梯裡三面都是鏡子，大家隨便瞥過去只看見好幾個紅色人影，一時之間還難以辨別問題出在哪裡，毛穎德緊張的仰頭看著電梯，怎麼不跑快一點咧！

「多一個！」曹江瑞竟然算出來了，「哇啊！是它！眞的是它！」

「呀！我要出去！我要出去！」毛穎德身後的吳佩倫慌亂的伸手，往就近的樓層按去，數字正在8樓，她就8765通按了一遍！

「快停啊！爲什麼不停——」一群人在電梯裡推擠，馮千靜都可以感受到整個鐵箱正在晃動！

「閉嘴！都給我冷靜！」馮千靜大吼著，「不要推，我們現在在電梯裡——」

餘音未落，整座電梯忽然急煞，喀噠的聲音超級明顯，緊接著伴隨著因煞車而來的震動，下一秒燈光遽暗。

所有人因爲這樣行進間的緊急煞車而踉蹌，大家或倒或滑落在地上跌成一團，再因爲燈光的暗去，從措手不及的驚慌中進入幾秒中的靜默。

毛穎德伸手拉住馮千靜的左手，她自己也穩住重心，有別於其他同學半滑落在電梯各處，只有他們兩個站得算穩當……還有那個紅衣小女孩，也是唯一站得直挺挺的傢伙。

但老實說，它就只有站著而已，低垂著頭沒有動靜。

「不要叫！」在呂君樺淚水奪眶而出時，毛穎德咬著牙低語。緊急照明亮起，很令人不快的竟然是深沉的暗紅燈光，整座電梯瞬間浸在紅色的光線之下，紅衣小女孩倒是一點都不突兀了。

從鏡子裡看，它就挨著馮千靜身邊站著，帽子遮去它所有的臉龐……當然馮千靜沒有想看的意願，那眞的挺噁心的，只是她不懂紅衣小女孩在這兒現身是爲了什麼。她沒有追逐，也不開口說話，甚至離他們這麼的近卻沒有意圖握住誰的手帶去哪裡。

毛穎德見勢，巧妙的施力，將馮千靜往自己身邊拉，如果可以的話，離紅衣小女孩越遠越好。

電梯停在5樓與6樓中間，紅色的石英數字正紊亂的跳動著，其餘的人全擠在毛穎德身後的角落，顫抖著低泣著，女孩子甚至腳軟到站不起來。

「妳要什麼？」馮千靜對著鏡子問著，不讓自己的聲音有一絲一毫的恐懼。側身的紅衣小女孩忽然微抬起頭，引起一陣低呼，他們害怕得緊急掩嘴，壓下可能驚人的尖叫。

紅衣小女孩緩緩的舉起手，頭子開始轉動，它正背對著馮千靜，與之望著同一個方向……右手出現在鏡子裡時，多了一個之前沒有出現的東西：車子。

濕漉漉的玩具警車躺在它死白的掌心裡，所有的東西都在滴水，馮千靜下意識避開眼神，不想在鏡子裡跟那張爛掉的比薩臉對望，可是它秀出玩具車時卻讓她覺得意義重大。

然後也更加搞不懂，都市傳說裡有紅衣小女孩加上玩具警車這條嗎？

滴答滴答，滴答滴答，電梯裡彷彿也正在下雨，每個人都聽見雨水滴落的聲音，又驚又懼仰頭看著昏紅的電梯間，不懂這水聲哪裡來的。

馮千靜嚴肅的看著舉起小車子就不再動的紅衣小女孩，聽著水滴答聲皺眉，電梯裡是不會下雨的，可是、可是她可以從鏡子裡看見紅衣小女孩身上有著水花濺起的痕跡！

遲疑的伸出手，明明近在咫尺，她大膽的觸碰了一下——紅衣小女孩倏地轉回頭看向她，而她的指尖感受到了冰冷的雨水！

嘩……傾盆大雨伴隨著雷聲隆隆，馮千靜瞪大雙眼不可思議的環顧四周，她現在哪是在什麼電梯裡啊，她站在……寒冷的馬路中間？不是，這裡是青山路啊，她詫異的左顧右盼，甚至原地轉了一圈，發現其他同學都不見了！

該死！現在是幻覺還是她又做夢了？

雨大到她幾乎看不到什麼東西，但耳邊傳來車聲與喇叭聲，她抹去睫毛上的雨水瞇起眼往上瞧，有幾台車從上面滑下，正準備彎下髮夾彎，雨夜裡的大燈格外刺眼，她下意識伸出手擋住光線，但是急促的喇叭聲卻不絕於耳。

叭——叭——按這麼急？馮千靜順著往右手邊看去，曾幾何時那邊居然站了好幾個穿著紅色洋裝的……紅衣小女孩！

「等！等一下！嘿！」她衝出馬路，雙手交疊著，「停！停——」

來不及的！她心知肚明，馮千靜立馬奔向那站著不動的人們，管他現在是夢是幻覺，總之試著救救看！

「有車子來了，快走啊！」她尖吼著，使勁推動著站在那兒的人。

一群人同時被她的衝力往前推，卻只是移動幾步後就跌落在地，連同馮千靜亦然，但至少她聽見車自身後呼嘯而過，沒有人被撞上！帶著些許的喜悅回首，卻看見那兒站著紅衣小女孩。

它依然低垂著，幽幽抬起右手，指向了右方。

右邊？馮千靜順著看去，只看見刺眼的大燈近在眼前，沉重的喇叭聲響起——他們在對向車道！

哇——「馮千靜！」

臉頰熱辣，她緊閉的雙眼倏地睜開，眼前是毛穎德漆黑的雙眸以及慌亂的眼神！

「喂！」他邊喊著，又朝她臉頰打了一下。

嘖！下意識的舉起右手橫過自己下巴，及時握住他的手，馮千靜回過神瞪著他，「幹嘛打我？」

「妳在表演一秒入睡。」他望著自己的右手，暗暗佩服馮千靜的反應能力，就算剛醒動作依然如此俐落，「然後妳做夢了。」

「我……睡著了？」她昂起頭，這才發現自己根本跪坐在地，落在毛穎德的懷裡。

往旁邊看去，囈語連連的不只是她，大角正躺在地上掙扎著、黃宏亮蹙眉呻吟，而紅色洋裝的女孩子們則是動也不動；電梯裡依然一片紅，石英數字顯示的樓層不變，他們還是被困在這裡。

「多久？」她閉上雙眼。

「不到十秒。」毛穎德是這裡面唯一清醒的人，「紅衣小女孩在你們一倒下時就走了。」

「咦？」她趕緊撐著牆壁起身，只有她站在電梯裡，緩緩繞著圈，三面鏡子裡只有她一個人。「它這樣現身是要做什麼？」

「都市傳說裡紅衣小女孩的現身沒有理由的。」毛穎德也站了起來，「它的傳說是在現身之後。」

馮千靜做了個深呼吸，心臟的疾速未曾緩下，剛剛那十秒鐘對她來說是幾分鐘的惡夢，滂沱大雨、青山路、站在那兒的紅衣小女孩、左右來車跟最後刺眼的大燈與沉重的喇叭聲，她光聽都知道衝來的是大車。

撞擊之後呢？她不知道後面發生的事，因爲毛穎德叫醒了她。

「叫醒他們吧！」她邊說，一邊用腳踢向黃宏亮，「喂！醒醒！」

毛穎德一一搖醒惡夢者，驚恐的叫聲此起彼落，他們再一次從惡夢中被喚醒，然而紅色洋裝的人們卻搖不醒，如娃娃般呆坐著。

馮千靜嘆了口氣，回身動手按了警鈴。

「我按過了。」毛穎德搖了搖頭，「沒有反應。」

「紅衣小女孩的都市傳說有在電梯裡現身過嗎？」馮千靜不爽的問著。

「沒有，電梯裡的應該是……」毛穎德認眞的回應著。

「我不想知道！」黃宏亮突然吼出聲，「對不起……但拜託不要講！」

毛穎德瞥了一眼驚醒後跌坐在地的黃宏亮，明白他的想法後默默點頭，馮千

靜敲敲電梯，又踹了踹，總會有人出入吧？電梯這樣卡著都沒人知道嗎？

「你有看到什麼嗎？黑影或是？」馮千靜很小聲的問。

毛穎德點了點頭，「整間。」

不尋常的氣息瀰漫在電梯間，在他眼裡這暗紅色的燈裡還飄浮著幾縷黑色氣絲，幾乎都在每個人的身上，彷彿貼著肌膚散發出來的。

「它到底想要做什麼？」馮千靜仰起頭，「這種都市傳說不會是偶然，青山路待得好好的，跑到這裡來幹嘛？追我？還是追這裡的誰？」

電梯忽然一個震盪，醒著的人害怕叫出聲，紅燈倏而暗去，正常的電梯燈光亮起，同時間紅色洋裝的人們都轉醒了。

「咦？」空調發出運作聲音，冷氣送了進來，呂君樺倒抽一口氣，「怎麼回事？」

「電梯好了嗎？」黃宏亮站了起來，越過毛穎德伸手按下了1樓。

說時遲那時快，電梯開始往一樓移動，但是不是一般電梯的平穩向下，而是越來……越來越快……變成自由落體！

「哇——」所有人在裡面放聲尖叫，來得及的人抓住了扶把，來不及的人只能狼狽的抓著同學的衣服，「呀——救命！」

馮千靜及時攀住門緣，毛穎德抓住了她，但是他們根本不知道發生了什麼事，只知道電梯疾速向下，尖叫聲在電梯裡迴盪，石英數字轉眼就到了1樓——喀咚！

電梯緊急煞車，發出刺耳的聲響，並且因爲高速煞車讓整個電梯箱子在半空中搖晃，所有人都能聽見電梯井的回音……嗡……

「哇啊啊！放我出去！」大家歇斯底里的搥著電梯門，「開門啊！」

門沒開，馮千靜被推擠到一邊去，她跟毛穎德轉眼間到了角落，看著大家爭先恐後的試圖掰開電梯門。

「有沒有人啊!?」砰砰砰砰，徒手在門上敲擊的聲音迴盪著，「開門！把門打開！」

有人拼命按著開門鈕，馮千靜覺得那鈕快按到爆掉了！

突然間門顫了一下，搥擊的同學怔了兩秒，電梯門眞的開啓了！雖然不知道怎麼回事，但是驚慌的大家一瞬間想往外衝，絆倒在外頭疊成小山，毛穎德格外謹愼的扣著馮千靜，不認爲一窩蜂衝出去是好事。

「……一樓，是一樓。」跌坐在中間位子的曹江瑞悠悠的說著，外面的確是社辦大樓。

連。

「啊……啊！」大角也哭著往外爬去，幾個站在外面等電梯的人莫不錯愕連

他們看著趴在地上的人、坐在電梯裡的人，怎麼每個人不是在哭、尖叫就是臉色死白！

「怎麼了？」有人關心的問。

「……沒事。」馮千靜搖搖頭，原因講不得，「可以幫我們按著門嗎？幫忙扶裡面的人起來。」

「好！」其他學生開始陸續幫忙，爬出去的人趴在地上大口呼吸著新鮮空氣。

黃宏亮自己走出來，渾身汗濕的靠著牆邊換氣，曹江瑞眞的是腳軟走不動的被攙扶而出，大角眼鏡還歪了一邊，只有左邊鏡角掛在耳朵上頭，徐貽潔則是喃喃自語的發著抖，不停地絞著雙手。

「夠了！我受夠了！」呂君樺不穩妥的站起身，「它到底想要幹嘛？我什麼都沒做錯，我只是看見了它！」

「君樺！呂君樺妳冷靜點！」毛穎德有點擔心的上前，不應在校園內掀起另一陣恐慌！

「我要怎麼冷靜！剛剛在電梯裡發生、發生……天哪，發生什麼事？」呂君樺驚覺到不對勁，「我剛剛、我有一段時間又不記得了！是它！又是它！」

她抱著頭歇斯底里的尖叫著，連帶著其他一起失憶的人也都發現到記憶的空白，大家在社辦一樓中庭胡言亂語，伴隨著尖叫聲回音陣陣，反而讓其他學生不明所以。

「我受夠了！我沒有做錯任何事啊！我只是騎車下山而已！」呂君樺哭喊著，她就算沒說清楚，有些反應快的人光看她的裝扮跟說出來的話，大概也猜到了八九。

「妳在這邊鬼吼鬼叫也沒用，要是知道怎麼回事就好了！」馮千靜往前兩步，「冷靜下來，至少現在大家都沒事！」

「我不要！」呂君樺失控的大喊著，轉身就往外跑去，「找你們根本沒用！」

「我們是社團又不是靈媒！」毛穎德不爽的在後面大喊著。

「唉！」馮千靜回頭瞥了他一眼，跟情緒失控的人計較幹嘛啦！「喂，等等！」

呂君樺瘋狂的衝出社辦大樓，馮千靜追著她出去，只是當呂君樺衝出大樓

後，卻突然停在了路中間；社辦大樓位在斜坡上，前頭的路當然也是條斜坡，她站定後緩緩的面對著上坡的地方，像是在看著什麼，卻又面無表情。

這讓馮千靜緩下腳步，毛穎德狐疑的上前。

「君樺？」馮千靜站在大樓大門裡喚著。

但是呂君樺只是站在那兒，仰首看著上方，馮千靜不解的走出門口，她究竟在看什麼？輕嘖一聲，她決定上前拉過她！

馮千靜走出廊下，順著呂君樺的眼神看去，看見的是停在上頭的一台大型貨車，可能在化學大樓前卸貨，沒有駕駛的車子卻突然間往下滑動了！

「天啊！呂君樺！」

一抹紅影忽然從路的右側東來，瞬間與呂君樺的身影重疊，毛穎德看得一清二楚，他邁開腳步往前大步走去，腦子尚在釐清頭緒，不對……一切都不對勁！

穿著紅衣卻失憶的人們，沒有被惡夢追殺的人們，他們全部……他們全部都是──紅衣小女孩！

「馮千靜！不許動！」

他擁有超內咖的「言靈」，說出口就成眞，聽起來多威，但卻一天只能用一次，還只能應用在雞毛蒜皮的生活事情上才有效的言靈，就在這瞬間起了作用！

馮千靜忽然間全身無法動彈，她一隻腳都已經要踏下那兩階高的階梯，手即將碰到呂君樺的紅色洋裝，現在卻只能眼睜睜看著那台貨車筆直的朝向她們……不，朝呂君樺衝過來！

砰！她根本來不及看見呂君樺被撞擊的瞬間，看不見一個好好的人到哪兒去了，她只感覺到貨車急速的掠過她身邊，像撞到了一顆水球似的，黏稠的鮮血瞬間炸開，噴濺得她全身都是。

眨動著眼，她的視線一片血紅，眼睫毛上都是鮮紅的血珠。

身後傳來砰磅巨響，她知道貨車一路滑到底，撞上了T型圓弧路口的樹或是路燈桿等等的，零星路過的學生發出驚人尖叫。

「馮千靜！」毛穎德衝到她身邊，不可思議的看著渾身是血與內臟的她。

她滿臉鮮血的望著他，卻無法動彈——她要到什麼時候才能動啊？這肉咖的言靈！

第七章 惡夢連連

呂君樺當場死亡，滿載著貨物的貨車加上重力加速度直接往下，雖說呂君樺最後是捲在車子底下，但事實上在撞擊的瞬間就已經四分五裂了。

馮千靜身上全是她的鮮血與內臟，除了她之外還有幾個人目擊慘案，他們說呂君樺一路尖叫衝出社辦大樓，慌亂似的停在路中間，他們相信有什麼事讓歐斯底里的她停下，可不過幾秒鐘時間，上頭的貨車卻因爲手煞車鬆開往下衝。

但呂君樺沒躲沒閃，就這麼站在那裡，而原本跑出去要攔她的馮千靜也差一步就跟著一起被撞爛。

沒有人知道馮千靜本來是趕得上的，只是趕上去是能救呂君樺一命，還是一起命喪輪下無人知曉，千鈞一髮之際她其實是被定住了。

被某種很肉咖、只能使用在日常生活上的「言靈」凍住了，而且還兩分鐘後才自動解開。

「你都沒想過二十四小時只能用一次，萬一我凍住二十四小時怎麼辦？」馮千靜忍不住向毛穎德抱怨著。

他們捱過清洗、調查與筆錄後，被請到了導師辦公室……天曉得大學還有導師這種玩意兒！他們先到辦公室裡，導師還沒進來，事實上馮千靜根本不知道她導師是誰。

「我就說我靈力很小很小，不可能撐二十四小時的啦！」毛穎德對自身靈力的渺小超有自信，這讓馮千靜很無力，「我原本以為只能撐五秒鐘的！」

「天哪！如果你能強一點，就可以把貨車移走了。」她無奈極了。

「我說過我不想要這種莫名其妙的能力，我也不會去鍛練它。」毛穎德倒是不太高興的望著她，「話說我好像救了妳一命，我怎麼都沒聽到謝謝兩個字？」

馮千靜挑高了眉，救了她？說不定她的速度不但來得及將呂君樺撲倒，還能雙雙閃過貨車的俯衝？是，這的確不太可能，呂君樺就站在貨車正中央，她無論怎麼飛撲只怕都閃不過。

「好吧，謝謝！」她攤攤雙掌。

「真難為妳了這麼勉強！」毛穎德翻了白眼，覺得自己根本好心沒好報。

「我不是這個意思……」她認真的望著他，「我真的很謝謝你！只是呂君樺就在我面前……被撞爛，你不懂我的感受！」

「我怎麼不懂！我只在妳身後幾步而已，身上的血比妳少幾點罷了。」毛穎德嚴肅的擰眉，「我只能救一個！那時只來得及……救一個。」

馮千靜何嘗不懂，但是有人在眼前活生生被撞死，而且還貌似自殺、貨車莫名其妙手煞車鬆開，這一切她根本不相信是巧合！

貨車司機嚇傻了，他正送貨進入大樓，事實上他的車子停在那兒好一會兒才開始鬆動，雖然他信誓旦旦的說手煞車有拉緊，但事實上就是滑下來撞死了「剛好」離開社辦大樓的學生。

「照理說，你根本什麼都來不及！」馮千靜搖著頭，「你怎麼會突然想讓我站住？」

毛穎德應該只是順著走出來而已，不可能知道外面發生什麼事，因爲除非走出大門站到廊下，甚至還得探頭往外看，否則是看不見上頭有貨車滑下的。

「我看見它了。」他淡淡的說著，「一瞬間衝到呂君樺身後，與她的身影重疊，所以站在那裡的是呂君樺，也是紅衣小女孩。」

馮千靜瞪圓了眼，重疊的身影，一樣的衣服，呂君樺甚至是那個沒有被惡夢追逐的人……但是她會失憶，她選擇穿上了一樣的洋裝，甚至是連什麼時候買的都不知道。

呂君樺就是紅衣小女孩，馮千靜幾乎確定紅衣小女孩是車禍下的犧牲者了。門被推開，走進來兩位男士，他們各自認識自己系上的老師，只是相當訝異居然是「導師」罷了。

畢竟大學生還需要導師是件蠻奇妙的事。

「都市傳說社啊……」馮千靜的導師是法文文法一的老師，陳奕齊，倒是開門見山，「有點難想像像妳這麼文靜的女生會參加這種社。」

文靜？毛穎德瞥了她一眼，不說話又不等於文靜。

馮千靜還眞的不怎麼說話，低垂著頭看起來一副小女生的模樣，看樣子打算把回答的工作都扔給他了。

兩個導師坐到他們面前，看得出來趕到學校也挺匆忙的，校園內發生這麼嚴重的事，其實行政級的長官也都到了。

「我們剛剛都聽說了，除了不幸的呂君樺外，還有別人也穿紅色的洋裝……你們一定知道學校最近在傳紅衣小女孩的事對吧？」陳奕齊微蹙著眉，「今天是社團聚會嗎？你們想要做什麼事嗎？」

「有些事眞的就是邪門，能不碰就不要碰！」張家義也語重心長，「我記得法文系才剛發生事情，就是有人想驗證都市傳說不是嗎？」

「是，而且馮千靜應該比誰都清楚，那些都是我們班的、妳的室友。」陳奕齊想望進她的雙眼，馮千靜卻只是一味的低垂著頭，避開。

「情況不是這樣的！」毛穎德還是開口解釋，「今天去社團，是因爲那些人都是曾經親眼看過紅衣小女孩的同學，我們想確定狀況，因爲已經有事情發生了，我們現在的室友、還有人因此住院……」

「天哪！不就是個紅衣小女孩而已嗎！大家爲什麼會傳得繪聲繪影？」張家義打斷了他的話，口吻裡盡是不可思議，「搞到現在沒人敢走青山路了！」

「這根本是學生間在亂傳消息，製造恐懼！」陳奕齊也嚴厲的指著他們兩個，「都市傳說社是不是也在助長這份恐慌？」

「這不是普通傳說！」毛穎德不高興的升高分貝，「我們有朋友已經因爲這樣住院了！他每天晚上做惡夢，完全不能睡，身體已經垮掉，老師你可以去查，根本不只一個！」

「那是日有所思，夜有所夢，大家都太恐懼了！」陳奕齊依然不以爲然，「我們也當過學生，什麼傳說都有，別說都市傳說了，學校裡的傳說就一堆，但大家不會這麼當眞的！」

「對！什麼紅衣小女孩……這個好像以前就傳過了！」張家義擺擺手，「但我們沒有任何一屆搞得像你們一樣神經兮兮！」

毛穎德跟馮千靜沒聽見他們大部分的對話，不過倒是聽見了關鍵字。

「老師……是校友嗎？」毛穎德提出疑問，講得一副他們以前就知道的樣子？

「是啊，我們兩個都是！」不同系的導師們還聊了起來，陳奕齊比張家義大了兩屆，兩個人說說笑笑還提出了學長學弟。

「那——」馮千靜突然站了起來，「你們以前就聽過紅衣小女孩？」

這兩個老師最少大他們十屆耶！

「聽過……好像聽過吧？」陳奕齊有點被馮千靜嚇到，她怎麼突然這麼激動，「學校的傳說很多啊，我記得紅衣、有紅色衣服的女鬼是吧？」

「好像是在舊工學院大樓那邊，有女孩因爲失戀所以穿著紅衣自殺吧！」張家義認眞回憶著，「但是我還在這裡唸研究所，半夜走來走去就沒看到過啊！」

毛穎德有些無力，「老師，我們是在講都市傳說，不是在講駐校的鬼怪……」

「有不一樣嗎？」陳奕齊皺眉。

「差很多。」馮千靜坐回位子，「都市傳說是那種一直存在的傳說，或許是鬼、也或許是不可解釋的東西，就像上次發生在班上的案件一樣——一個人的捉迷藏。」

陳奕齊聽見這件事臉色嚴肅許多，一開學就死了幾個學生，最後還燒掉屋子，起因就是他們玩一種叫做「一個人捉迷藏」的遊戲。

「那件事還有待考證。」他嘴上這麼說，但眼神看得出已經相信了幾分，「現在是上次玩了捉迷藏還不夠，現在要繼續挑戰紅衣小女孩？」

毛穎德露出極度不耐煩的神色，嘆了口氣，「是它在挑戰我們……不是啦，老師，馮千靜的意思是說，絕對有無法解釋的力量，紅衣小女孩就是！」

「我想知道老師那個年代眞的有聽過紅衣小女孩嗎？」馮千靜只想速戰速決。

「呃……」基本上，兩個老師有點搞不清楚當年的傳說究竟是女鬼還是小女孩了。

馮千靜有點失望，枉費她還在期待有新線索，如果十年前紅衣小女孩就存在，那爲什麼現在才出現？又爲什麼拼命的詛咒見到她的人？

「等等，重點不是這個，是你們究竟在做什麼？」陳奕齊很快的回到現實，「我們都很遺憾呂君樺發生那樣的事，可是你們穿成那樣，又在都市傳說社集會，連警方都叫學校密切注意你們！」

毛穎德忽然亮了雙眼，「對！對，是應該密切注意我們……不是我們兩個，是其他人！」

「毛穎德？」導師聽不懂。

「盯著今天所有參加集會的學生，我極度覺得有這個必要。」毛穎德積極的說，「應該要跟警察這樣說的，這樣他們就可以幫忙看住大家，以免再有不幸的事發生！」

「還有不幸的事？」陳奕齊不可思議的低嚷著。

「老師，」馮千靜終於抬頭看著他的雙眼，「都市傳說中，只要看到紅衣小女孩的人，會陸續發生不幸，無一倖免！」

這份認眞讓導師們愣了幾秒，明明覺得學生間在胡謅的事，突然好像眞有這麼回事了。

「那……那個呂君樺也看過嗎？」導師們聯想力倒是挺快的。

毛穎德與馮千靜不約而同的點點頭，「說實話，前幾天翻過鐵絲網的羅佳茹看過、上星期在青山路車禍雙亡的那兩個也……」

「停！」導師們越聽越毛，制止了他們，「你們越說越有個樣子了。」

「老師，我們想要知道青山路發生過什麼事，任何大小車禍，還有你們記憶中究竟有沒有紅衣小女孩的傳說？」毛穎德一字一字緩緩的說，「都市傳說社只是個社團，但是我們想要盡快解決這件事情，因爲看到紅衣小女孩的人並不少，如果眞的跟傳說一樣的話……」

他眼尾瞄向馮千靜，她即刻領會接口，「那接下來只會有更多的意外。」兩個導師望著異常認眞的學生，他們眞不知道這到底是惡作劇？自我意識過剩？還是走火入魔？

「老師，可以幫我們嗎？試探問問警方關於青山路過往的事，當然我們也會努力去蒐集資料，但是、但是如果你們以老師的身分幫忙的話便能加快速度！」毛穎德認眞的拜託著。

馮千靜有些訝異，導師是來約談他們的，他居然還能反過來讓老師幫忙？

「嗯……我試試。」陳奕齊居然點頭了。

「我考慮！」張家義疑惑的望著他們，「你們是跟著起鬨，還是……你們有誰看過嗎？」

毛穎德抿了抿唇，深吸了一口氣，「老師，我們都看過了！而且今天的事根本不是意外……」

他跟導師們解釋呂君樺的狀況，電梯裡發生的事，而馮千靜越過導師的肩後看著窗子，時近黃昏天色昏暗，可以透過玻璃窗看著窗外漸暗的天空，還有導師的背影，望著窗子的她，以及……

「紅衣小女孩，」馮千靜忽然指向導師的背後，「就在那裡！」

「哈哈哈！眞的假的！妳超屌的，馮千靜！」夏玄允嘴裡塞在滷味，含糊不清的在沙發上大笑，兩隻腳朝空中踢得誇張，但她一點都不覺得好笑。

她現在只覺得很累，疲倦到可能閉著眼睛就會立刻睡著。

將近四十八小時未闔眼，她的身體正在發出警訊。

「夏天，她沒在開玩笑。」毛穎德沒好氣的看著越笑越誇張的夏玄允，「紅衣小女孩那時眞的在辦公室裡。」

她一說完導師們幾乎是立刻跳起來的，臉色慘白的回身，連話都沒多說就奪門而出了；馮千靜倒是坐在那邊瞪著玻璃窗，不過沒幾秒紅衣小女孩就消失了。

「好了，笑夠了沒？」馮千靜冷冷的看著夏玄允。「郭岳洋狀況如何？」

一提到郭岳洋，夏玄允即刻恢復正常坐直身子，「非常ＯＫ，妳的方法奏效了，我們移去病房裡所有的反射品，連床欄都貼上紙，洋洋就深沉入睡，沒有再做惡夢……應該，因爲他還沒醒。」

「是嗎？……」馮千靜鬆了口氣，「那就好。」

「其他住院的同學都比照辦理了，不過妳是怎麼知道這樣有用？」夏玄允很狐疑的問，「就因爲它會從鏡子後面追人？」

「它只能從鏡子裡面追人，那是因爲只有這樣我們才能看見它。」馮千靜曲著膝，手肘靠在上頭托著腮，「今天早上在房間裡發生的事讓我想到，會不會是郭岳洋他們看到反射物後就進入一種類似催眠的情況，我也只是瞎猜。」

「應該不只是瞎猜吧，妳還想到了什麼？」毛穎德挑了眉。

她輕嘖一聲，「我說過，它應該跟車禍有關，在車子後面追逐，所以身爲駕駛，也就是我們才能從後照鏡看見它……每一個人幾乎都是這樣。」

「除了少數幾個根本沒撞上它、或是擦過它的人。」夏玄允接了口，拿出社團紀錄本，「在你們被約談的時候我也沒閒著，我確定了模式：凡是在撞上紅衣小女孩前就停車的人，都會變成紅衣小女孩，有失憶狀況；而撞上它或是差點撞上、只要越過它的人，就會從後照鏡看見它拼命從後面追上來。」

看著攤在桌上的本子，馮千靜也趕緊湊上前看，沒撞上它的反而變成紅衣小女孩，一如呂君樺，所以她就成爲它……站在路中央，被車子迎面撞成肉醬。

「我也掠過它了，所以我才會一直看見它，陰魂不散。」馮千靜看著本子上的記載，「那郭岳洋呢？他從青山路山下往上騎的，怎樣這樣也有事？」

「我也覺得洋洋是特例，可是不知道爲什麼。」夏玄允再從本子裡拿出一疊

A4紙，「這裡我還找到別的紅衣小女孩傳說，也有跟我們遇到一樣的。」

毛穎德跟馮千靜趕緊拿起來看，都是別的學校或別人看見的，除了山裡的紅衣小女孩外，的確也有騎車時從後面窮追不捨的紅衣女孩……咧開大嘴至耳下，尖叫著狂吼著從後面追上，伸長了手像是要扯下機車上的人。

「有沒有說爲什麼？」毛穎德急速翻動著，「冒犯到了它？還是紅衣小女孩有專門下手的對象？」

「沒有，這只是有人寫出經歷而已，簡單的就只是買完宵夜跟女朋友回家。」夏玄允勾動動手指暗示他們翻頁，「這個例子的女友眞的摔車，頭顱破裂但撿回一命，男生及時穩住車子但嚇得魂飛魄散，」

「至少活著。」馮千靜比較關心這個，畢竟在他們學校發生的已經四條人命了。

「這是十年前的文章。」毛穎德忽然看見上頭的日期，「他寫這篇是車禍發生後兩個月，現在不知道能不能找出這個人？」

「可是如果他是看見紅衣小女孩後，歷時八年突然出意外，總不能把這件事也推到紅衣小女孩身上吧？」夏玄允中肯的說，「十年不算短，人總有生老病死……」

「在山裡看見紅衣小女孩的人、一起在錄影帶裡的人，不就分了好幾年出事嗎？最後沒有一個人活下不是？」毛穎德是用這樣推敲的，「傳說的重點是這個，像詛咒般的會失去性命。」

「扯爆了。」馮千靜不爽的接口，「就因爲看見它？它是什麼了不起的東西，看一眼都不行？」

咳！夏玄允緊張的清清喉嚨，感覺得到側邊沙發上的騰騰殺氣，馮千靜正在盛怒之中。

「夏天會說這就是都市傳說迷人之處。」毛穎德不慌不忙的把靶朝夏玄允身上掛。

「毛毛！」夏玄允緊張的嚷著，幹嘛突然拖他下水啊！「不是，小靜……我是說馮同學，都市傳說就是這樣傳的，跟裂嘴女一樣啊，它也是不明就裡的找正妹下手！」

「至少有理可循，它是因爲手術失敗或是變醜了，才對正妹有意見，有目標有習慣。」馮千靜啪啦單手捏癟鋁罐，「紅衣小女孩也應該有模式才對。」

「就撞人跟不撞人？」毛穎德正抱著紀錄本研讀。

「不只，郭岳洋只有拍照。」馮千靜起身，將罐子扔進垃圾桶裡，「沒關係，我晚上親自來問問它就是了。」

咦？兩個男人愣住，問、問誰啊？

只見馮千靜筆直走向郭岳洋的房間，禮貌性的敲叩兩下，嘴裡喃喃唸著希望郭岳洋能原諒，她眞的有看他房間的必要；推開房門，郭岳洋的房裡有神龕神像，之前玩一人捉迷藏時，這兒就是避難間。

才一開門，強大的暈眩與噁心感立刻襲來，她全身上下都興起厭惡的排斥，逼得她飛快的關起門。

「馮千靜？」毛穎德察覺有異，她身上有黑色與紅色的東西在掙扎。

「難怪郭岳洋不回房間睡，太痛苦了。」她背靠著牆，虛弱的望著他們，「我只是站在門口就想吐。」

「是神龕的因素嗎？」毛穎德皺眉，得到馮千靜的肯定，「紅衣小女孩讓身體排斥接近嗎？」

「或許！」馮千靜深吸一口氣，「看來我晚上也沒得睡一頓好覺了！」

「馮千靜，」毛穎德趨前，「我先去幫妳把房間裡會倒映的東西都封住吧！玻璃、落地窗、還有鏡子跟……」

「不要。」馮千靜竟出聲阻止，剛塞進百頁豆腐的夏玄允也傻愣的望著她。

「小靜，妳在幹嘛？妳得睡覺！」

「我沒說不睡啊！」她伸了伸懶腰，逕自往房裡走去。

毛穎德回頭與夏玄允面面相覷，既然知道有倒映物可以引發惡夢追逐，有神明的房間身體會排斥，那馮千靜還——進房沒幾秒就走出來的她一派從容，手上拿著牙刷，準備去廁所刷牙就寢。

比較讓毛穎德跟夏玄允瞠目結舌的是，她換衣服了。

不是剛剛那套睡衣，她整齊的高紮起馬尾，沒有眼鏡遮掩，身上穿著無袖緊身的紅色衣服，黑色布腰，衣上以金線織繡，完全是電影裡中國功夫的服裝。

「那是……」夏玄允嚥了一口口水，他在格鬥雜誌裡看過，郭岳洋那頁還做記號，「上次妳比賽時的……」

「格鬥服。」她挑了挑眉，「我說過，沒有理由總是挨打的份吧。」

就見她往廁所步去，毛穎德根本目瞪口呆，「妳要穿這樣睡覺？」

「那當然。」她回眸一笑，氣勢萬千，「剛說過了，有話問它。」

她不記得自己是什麼時候睡著的。

馮千靜緩緩睜開雙眼，她只記得好整以暇的躺上床，做了調息，然後再睜開眼的現在，她已經不在房間裡了。

原本以爲會在青山路上的，但是她卻安穩的坐在客廳的地毯上，茶几與沙發間的縫隙，之前郭岳洋夜不成眠時也是塞在這兒，抱膝坐著。

馮千靜站起身，現在十之八九是夢境，所以毛穎德或是夏天他們都不該會在。

沙發正前方是液晶電視，一旁緊臨的房門是郭岳洋的房間，馮千靜勾起笑容，朝著房門走去，壓下門把推開，忍不住勾起嘴角……果然沒有神龕啊！

人呢？她原地轉了一圈，紅衣小女孩也該出現了吧，這小孩總是迫不及待不是？

還是因爲……沒有倒映物？所以她看不見它在哪裡？

馮千靜後退幾步，站在電視螢幕前，果不其然沙發邊早已站著暗紅身影，依然是低垂著頭的模樣。

「這麼近，還要跑嗎？」馮千靜盯著電視裡的身影瞧著。

紅衣小女孩從來沒說過話，只見它緩緩的轉身，準備繞出茶几；馮千靜眼尾瞄了四周，客廳並不小，但是眞的要跟紅衣小女孩玩似乎仍嫌空間不足。

她注視著朝自己走來的紅衣小女孩，今次對方不追不跑，害她有點不習慣。

「妳到底要幹嘛？」馮千靜問了，很慶幸能控制自己的夢境。

紅衣小女孩不語，只是伸長了手，又想抓人的模樣，於是馮千靜算準距離，在它即將碰觸之前倏地抽回手。

低嗚聲在它喉間轉動，下巴微抬，從連帽兜下看見的是參差不齊的牙與惱怒的咧嘴。

「妳也知道生氣？妳大概不知道我有多火大吧！」馮千靜倏地回身，在夢境裡，她的身後存在著紅衣小女孩，「妳莫名其妙站在路上嚇人又讓人撞，再這樣傷害人是什麼意思？」

紅衣小女孩根本沒理她，逕自再度伸出手來，就要握住她的手腕！

馮千靜抽手，甚至向後退了一步，想抓住她沒那麼容易！

這動作似乎惹怒了紅衣小女孩，它大步上前又想攫抓，馮千靜卻連連後退，直接朝門的方向轉身奔去。

可想而知，紅衣小女孩是不會放過她的！

馮千靜使勁拉開門就往門外衝，只是一衝出門外她整個人竟失去平衡的踉蹌倒地，一連滾了好幾圈，這是下坡路段？

好不容易止住滾勢，馮千靜撐起身子猛一抬頭，赫見自己就在青山路上！

「總算是回來了！」她一躍而起，才回身就見紅色身影已然逼近，瞬間塞在她的眼界範圍內，「哇啊——嚇人啊！」

只見她完全不需經過大腦思考，右手舉起一個肘擊就往紅衣小女孩爛掉的臉上揮過去——啪！紅衣小女孩從容不迫的舉起右手，以掌包握，輕而易舉的擋下她的攻勢。

什麼！馮千靜瞠目結舌，居然有人能這樣輕鬆擋下她的肘擊！對方只是一個小女孩啊，她跟亞洲冠軍對打時也沒有這麼挫敗過！

「少瞧不起人了！」馮千靜咬緊牙關，掄起左拳冷不防的朝紅衣小女孩肚子一擊。

噗啾……紅衣小女孩沒有閃躲，馮千靜一拳擊入一灘爛泥裡似的，跟平常打進人體腹部時的感覺截然不同！

濕潤軟爛，紅衣小女孩彷彿根本沒有肚子，她一拳穿過腹腔似的直抵……關節觸及了略硬的東西，馮千靜瞪圓雙眼……骨頭？

還沒思考清楚，紅衣小女孩原本包握住她手肘的手改握住她的手腕，使勁就要往前扯——好痛！馮千靜身體趕緊跟著往它身邊靠，整個人還是被劇烈的向前拖！

「住手！很痛……搞什麼啊！」她連好好走路都沒辦法，因爲紅衣小女孩的速度實在太快了！

沒有兩秒馮千靜立即摔在地上，但紅衣小女孩沒有停止，它拖著她的身子在柏油路上前進！

「妳趕什麼啊！讓我站……哇……好痛！」身子在路上磨擦著，衣服褲子跟著磨破，馮千靜眞恨這夢境的眞實性，就不能不會痛不會受傷嗎？

紅衣小女孩飛快的奔跑，馮千靜簡直就是肉身滑板，她現在覺得右手快被撕開了，褲子早已磨破，皮肉都磨爛在柏油路上了。

「停——啊！停！」馮千靜痛苦的大吼著，可是紅衣小女孩沒有停止的意圖。

馮千靜往前望著，她正在下坡，紅衣小女孩路過了之前她撞上它的地方，一路指向前方，又指向右方，腳步終於緩了下來。

但是它沒鬆開手，馮千靜右手就這麼吊著，痛到根本說不出話來……到底是誰追誰？大家的夢境裡不是都是被它追嗎？有被它拖這件事嗎？

望著自己被抓住的手，紅衣小女孩的身子是腐爛狀態的嗎？雙手是蝕爛見

骨，剛剛打上腹部也觸及了骨頭，所以……馮千靜視線落在眼前的腳上，把它的腳扭斷，就跑不了了吧王八蛋！

左手倏地握住紅衣小女孩的腳踝，令她驚訝的是竟握到了完整的腳踝！莫名其妙這是哪門子的人體構造啊！

還沒動手，紅衣小女孩連回頭察看也無，竟直接向右轉去。

右？右邊？馮千靜瞪圓雙眼，右手被一扯再度往右邊去，問題這旁邊是邊坡啊，全是樹木成群的陡坡啊！

眼前除了一大片樹林，地上土壤裡都是石子，這根本不是人可以走的地方，更別說拖了！

「妳給我站住！」馮千靜怒不可遏的大吼著，整個人即將翻過馬路邊欄，急忙伸手握住紅衣小女孩的腳踝，使勁就向後一扯。

紅衣小女孩果然被影響到，腳步踉蹌，可是這沒有制止它的拖行，它反而是更加用力的將馮千靜整個人拉起——無論她如何卯足全力反抗皆徒勞無功，感受著手快從肩膀處撕開的痛楚，騰空而起。

紅衣小女孩立定圓心，轉了半圈，將她狠狠的往那滿是樹林與尖石的陡坡拋了出去！

在被拋出去的瞬間，她的右手與肩膀終於撕裂脫離。

「哇啊啊啊——」撕心裂肺的痛楚傳來，馮千靜瞪大的眼看著紅衣小女孩握著她的整隻右手，而她整個人向後飛去。

沒有兩秒，整個人打橫撞上了樹木——啪，脊椎斷裂的痛楚襲上，這次她連叫都沒有氣力了！

砰磅落地，樹旁的土壤裡暗藏尖石，她不偏不倚的摔在尖石頭上，石頭刺進了她的背，再因爲重擊的反彈鬆開滾落。

「呃啊……」馮千靜簡直痛不欲生，她終於停下，無力的側著身子，臉頰貼著濕濡的土壤，甚至感受到血從身體各處汩汩流出。

右手臂的斷口、刺穿的背，還有骨頭斷裂的痛，她從沒想過會有這麼痛的時刻，最令她感到火大的是——爲什麼還沒醒？

她痛到不能動了，吃力的往上望著，視線模糊的在林木之間試著找上頭馬路邊的紅色身影，可是她怎麼也瞧不見，只看見刺眼的燈……啊啊，馮千靜瞇起眼往天空看，下雨了。

她甚至不知道什麼時候開始下的，但是她全身又濕又冷又痛，什麼也看不見，瞧不清上方馬路的地方紅衣死小鬼在哪裡，只看見刺眼的燈，搖晃的黑

影……好痛，天哪，好痛喔！

這麼多場比賽她從來沒有受這麼重的傷……廢話，這種傷她早就半身不遂了吧！從來沒有被打得這麼悽慘，對手居然只是一個小女孩啊，太過分了！

輕而易舉擋住她的攻勢，這是從來都沒有……該死的她爲什麼還沒醒？馮千靜痛到緊咬著唇，做夢是有這麼痛嗎？難怪郭岳洋跟其他同學會如此痛不欲生到不敢睡！

「給我……記著……」她快痛死了還在撂話。

忽然前方燈影晃動，她瞇起滿是雨水的雙眼再往上看，刺眼的燈前有人影，朝著下方走來……不是洋裝、不是紅衣死小鬼？

那是誰？馮千靜好想看清楚，她拼命撐起身子，卻因爲這樣的拉扯，讓全身的傷口跟斷裂的脊椎骨痛徹心扉——啊！她使勁一咬唇，血珠就這麼滲了出來，痛死人了啊！

「馮千靜！」

第八章

託夢？

怒吼伴隨著透心涼的冰冷傳來，馮千靜剎時跳開眼皮，狠狠倒抽了一口氣，整個身體向上弓起，毛穎德近在眼前。

「醒了沒？看著我，我是毛穎德！」毛穎德隻手扶住她的背撐住，右手箝住她的下巴，「鬆開妳的牙齒，妳的嘴唇都咬破了！」

毛穎德……馮千靜的神智尚未全然恢復，全身劇烈的顫抖著。

「夏天，冰塊再往她衣服裡倒！」毛穎德沒有移開視線，對著一旁的夏玄允說著。

夏玄允戰戰兢兢的拿著裝滿冰塊的塑膠袋，很遲疑的揭開馮千靜的衣服，「我如果等等被凹斷骨頭你要負責喔！」

「快點！」什麼時候了還在唸這個。

唉，夏玄允牙一咬就把冰塊貼上馮千靜的肚子，她啊的一聲感受到冰塊的刺激，這下可是瞬間清醒了。

「你幹什麼啊！」厲聲咆哮，她倏地向左抓過夏玄允，一記鎖喉送上，一秒將夏玄允往床上壓制，整個身體再上捲，連腳都扣住了他的身體了！

「啊啊——啊——」夏玄允眨眼間被壓倒鎖住，喉間被掐得死緊根本說不出話了，救命！救命啊！

僅剩的手掌在床上拍著，瞪大的眼看著毛穎德，毛毛！

「我要數到十嗎？」毛穎德噗哧的說著。

「數……」馮千靜緊皺起眉，這下終於看清楚壓在身下臉色發紫的傢伙是誰了，「混帳你在搞什麼鬼？」

鬆手坐起身，冰塊從她睡衣下滑出來，她嘶了聲眞是冰死人了！

「嗚……毛毛你做人怎麼可以這樣！」夏玄允滑下馮千靜的床緣。

「冰塊？你拿冰塊貼我肚子？」馮千靜手握著冰塊袋子不可思議的嚷著，「有沒有搞錯啊，你是——怎麼塞進去的啊？」

她穿著緊身戰鬥服，除非揭開她的衣服，否則——夏玄允立即跳起來，百米的速度衝出房門！

「夏玄允！」

「好了！冷靜點，不放冰塊不知道怎麼叫醒妳。」毛穎德伸手拉住要下床對夏玄允施以固定技的馮千靜。

這一拉讓她顫了一下身子，帶著驚恐的回眸，「我現在對別人拉我的手有陰影。」

毛穎德聞言鬆開，眉頭蹙緊的望著她，他跟夏玄允根本不敢睡，一直怕單獨入睡的她會出什麼事，結果沒多久就聽見她淒厲的慘叫聲，不顧一切衝進房裡，她果然陷入惡夢當中，雙手雙腳都在舞動掙扎，伴隨著痛苦的低鳴。

抽過一旁的面紙，他嘆口氣，「下唇都是血，擦一下吧。」

「咦？」馮千靜舔過唇部，血腥味立時傳來，「我咬得這麼用力嗎？」

「非常，否則我不會輕易叫醒妳，就怕壞了妳的事。」他終於略鬆口氣，「看妳這樣子應該是有遇到紅衣小女孩，該問的有問了嗎？」

「它跟啞巴一樣，不說話。」馮千靜將血壓乾，「一見面就是又拉又扯。」

「這次發生什麼事？妳……好像很慘。」毛穎德見她不停的扭頸子，眉頭緊皺，就知道夢裡絕對沒好事。「我跟夏玄允在外面都可以聽見妳的慘叫聲。」

「當然很慘……我完全沒有反抗的餘地……」馮千靜眼眸低垂，雙拳緊握，「你能想像嗎？我居然一出手就被一個小女生擋下！」

她倏而抬首看向毛穎德，雙眼裡盈滿怒火。

「呃……妳意圖揍它嗎？」他有些遲疑。

「廢話！但是它可以單手包握住我的手，接著我根本就處於劣勢，毫無施展之處就算了，還被它拖著走！」馮千靜越說分貝越高，義憤填膺，「我比賽這麼多回，從來沒有這麼狼狽過！」

毛穎德小心的別開眼神，基本上跟不是人的紅衣小女孩計較這點，好像有點不太對勁吧！

那不是人啊！說不定還是更可怕的東西，夏天說過，都市傳說向來就是一大大謎團，解不了謎的情況非常多，沒有人知道自己面對的是什麼，她怎麼拿這件事跟擂台賽比咧！

「那紅衣小女孩究竟想幹嘛？拖妳去哪裡？」毛穎德趕緊把話題轉移過來，省得馮千靜一臉爲敗北怒火中燒的模樣。

馮千靜挑眉，簡單的講了一次惹人厭惡的夢境，照慣例的追逐與拖行，只是這一次多了斷臂跟甩出，還有石頭的刺穿，以及……刺眼的燈，還有另一個人。

門口不知何時蹲著夏玄允，正一一用郭岳洋的紀錄本抄寫馮千靜剛剛口述的夢境，她夢到了跟一般人不同的場景，也飽受了更驚人的痛楚，奇怪的是……夏玄允咬著筆桿。

「妳爲什麼沒有醒？」他翻閱著其他人的紀錄，「幾乎所有人在夢到手被扯斷、或被傷害的劇痛時就會醒了啊！」

「而且夢裡能感受這麼眞切的痛好像也是少數……妳剛說被甩出去，那時好像應該會醒來！」毛穎德只是用正常方式推斷。

「哦？看來我很特別嗎？」馮千靜依然滿臉怒容，「還是那女孩子跟我槓上了？」

「我覺得它應該……嗯……」夏玄允不知道該怎麼幫紅衣小女孩開脫，但他認爲小女孩眞的不是想跟小靜尬的啊！

「也或許是要提供更多線索吧！」毛穎德愉悅的聲調揚起，不讓馮千靜沉浸在失敗中，「夏天，有新的線索嗎？」

毛穎德對著他擠眉弄眼，夏玄允立即領會趕緊點頭，「有有！當然有，就是……」

「青山路、下雨，還有那個陡坡。」不必統整，馮千靜都知道了，「紅衣小女孩上次在電梯裡就是全身濕淋淋的了，這次我落地時，土壤也是濕的，非常濕……還有她把我甩到林子裡時，原本是要把我推下去的。」

「那個陡坡？」夏玄允有些困惑，「那裡什麼都沒有吧？不是馬路也不是可以走的林地，一路往山下去其實很陡耶！」

「它該不會住在那裡吧？」毛穎德沉吟著，「拖著每個人去作伴嗎？」

馮千靜聳了肩，她不知道……下意識撫著肩頭，被撕裂的記憶如此深刻，還有背部的痛楚似乎也尚未消失。

「我想吃宵夜，一場夢就快把我折騰死了。」她站起身，原本要伸個懶腰，卻突然一陣痛襲上，「啊！」

好痛！她皺眉咬牙即刻轉身趴上床，反手捂著背部，毛穎德見狀即刻上前，倒是不避諱的拉開她的戰鬥服，她無緣無故不會喊疼的！

「天哪……」先出聲的是夏玄允，「小靜，妳是發生了什麼事……」

馮千靜不明所以，抓過床邊的手機往後遞，「拍下來！我要知道怎麼回事！」

修長的指頭在她背上輕撫著，毛穎德不可思議的看著那全身泛紅的背，順著脊骨下移，「妳是這邊斷掉嗎？居然有一條明顯的紅痕界線……」

夏玄允負責拍照，小靜的背的確很可怕，通紅一片，脊椎骨下方有一處像疤痕般的紅線，衣服再往上撩，可以看見一個圓洞似的紅腫。

「這裡是尖石刺過的地方吧？」毛穎德輕壓著，「這樣會痛嗎？」

「略微。」馮千靜起身拿過手機，不悅至極的瞪著照片，接著立刻捲起右手袖子，青紫的掌印根本滿佈整隻手。

「夢裡的痛與傷反應在現實已經很糟了，竟還這麼深刻。」毛穎德詫異非常，「這眞的是……」

「如果再嚴重點……我是說如果你們沒叫醒我，我是不是不會醒？」馮千靜想到的是更深一層的事，「我如果在夢中死去的話——」

現實生活中是否就會在床上斷氣呢？

毛穎德緊皺起眉，忍不住打了個寒顫，「別想太多，我會叫醒妳的。」

第一次感覺到，醒不來是一件很可怕的事，永遠陷在惡夢當中，而且有著清楚的痛楚……紅衣小女孩不想讓她醒，如此傷害她爲的是什麼？

大雨、青山路、刺眼的燈跟那個陌生的人影……

外頭夏玄允的手機響起，他轉身走出接聽，毛穎德心神不寧的拉過她，「要吃什麼？泡麵好不好？」

「都好，我得補充體力，累死又痛死了。」馮千靜回眸看向房間，「等等還是把反光的東西都貼起來吧，我得睡覺。」

「唉，好。」毛穎德點點頭，「這如果是一種催眠效應，那妳剛剛的問題……答案就是肯定的。」

「夢裡如果死了，我的大腦就會認爲我死了嗎？」馮千靜冷哼一聲，「把每個撞到它的人折磨死，不像它的目的。」

「但事情發展是這樣，我們甚至搞不清楚紅衣小女孩究竟要幹嘛，只知道它

非常積極。」毛穎德沉吟著，「我覺得我們應該……」

「什麼！」前方餐桌邊的夏玄允突然緊張的大吼出聲，「我立刻過去！」

夏玄允一放下電話，立即慌亂得十萬火急，毛穎德焦急上前。「怎麼了？」

「洋洋、洋洋他急救了！」夏玄允難過的喊著，「心室纖維顫動，我要立刻過去！」

「等我，我也去！」毛穎德趕緊衝回房拿外套，馮千靜一個人站在客廳裡，感受著突然的兵荒馬亂。

兩個男生抓了外套跟車鑰匙就要往外衝，毛穎德的小毛已經往生，只得靠夏玄允的車子。

「小靜！」夏玄允回眸喚著她，她怎麼不動？

「我不去了。」她回答得輕鬆，「有我在車上說不定會連累你們……」

就算夏玄允開車，也有三個後照鏡，不妥。

「我懂。」毛穎德即刻接口，「我會隨時告訴妳最新進度。」

嗯！馮千靜點點頭，趕緊送他們出門。

「喂！」在他們準備進入電梯前，馮千靜突然像是想到了什麼喚住，「可以的話，把郭岳洋叫醒吧。」

「咦？」兩個男生愣住。

「如果他們跟我一樣，想醒卻醒不過來呢？是不是因爲太痛所以心臟負荷不了，我們想的辦法說不定反而陷他們於險境了！」

毛穎德跟夏玄允用力點頭豎起大姆指，匆匆忙忙的進入了電梯裡。

馮千靜緩緩關上大門，她覺得紅衣小女孩有話要說，大雨的青山路絕對發生過什麼事，不過是多久之前，都已經有跡可循。

她轉身往廚房裡去，要查找資料這些事，可得等吃飽再說。

路過郭岳洋的房門時，她瞄了眼，還有一件事她沒忘了，那就是紅衣小女孩的受害者中，只有一個完全沒有在騎車遇見它——那爲什麼郭岳洋也會深受其害呢？

是夜稍晚，毛穎德傳來好消息，郭岳洋已經救回來了，目前無生命危險，家人都在旁陪伴；其他用藥物沉睡的同學們也都停止施打藥物，希望能夠早日醒來，讓他們脫離可能可怕的夢境。

夏玄允無論何時何地都不忘更新社團，他把最新線索寫了上去，而曹江瑞、大角等人也都在熱烈回應，每個人都把查到的線索放上，其中更不乏有人恥笑他

們怪力亂神、也有人怪他們社團是校園不安的來源。

這種留言馮千靜看在眼裡，只希望這些人有種就也去青山路兜個風，看看紅衣小女孩會不會出來找他聊聊！

可偏偏這種人絕對不會走青山路，根本保護自己保護得周到，只會在網路上放話而已，現在這種人太多了，網路上肆無忌憚，現實生活中的勇氣不及網路上的十分之一。

她查找了網路新聞，在網路崛起前的新聞幾乎無法查找，這時候靠的就是人類的記憶，她打算明天去青山路一趟，那邊有個活新聞寶藏，光頭王說不定能記得一些，也沒忘傳訊給了導師，他們答應要幫忙的。

一個人在家的馮千靜並不會害怕，她動手將房裡會反光的東西全數遮住，門後那面立身鏡前早被毀掉了也不必在意，其他能反射的東西不多，她再不睡不行，必須養精蓄銳，下次再對上混帳女孩，再來一場廝殺！

連日不睡的她實在太累了，一沾床就立刻睡著，遮去反射後的效果相當好，她沒有做惡夢，幾乎是一路安眠，一直到莫名其妙睜開雙眼爲止。

有人在叫她。

馮千靜看著漆黑的天花板，沒有做夢的前提下突然醒來，是因爲她覺得有人在叫她。

外頭的街燈從透光的窗簾照入，爲陰暗漆黑的房間增添些許光亮，但剛轉醒的她眼界模糊，房間裡許多陰暗的角落彷彿有視線襲來。

半坐起身，她拿過床邊開水喝著。

「靜……」虛弱的聲音飄然而至。

馮千靜倏地睜亮雙眸，這不是錯覺吧？如果又是夢那也好，那欠揍的女孩終於打算開口了更好！

向右下床，她可以看見門板下緣有著身影在晃動，左右右左的在她房門口徘徊。

「千靜……」沙沙，沙沙的磨擦音緊接著傳至。

「哪位？」她回著，起身往門口走去，路過書桌時沒有忘記拿起鋼杯準備著。

盯著門縫下的光影，對方彷彿聽見她的話語般，退出了門前，影子不再；馮千靜也沒敢就這樣大喇喇的開門，而是站在側邊壓下門把，砰磅的讓門板往後彈上牆開啓。

客廳是漆黑的，她只爲毛穎德他們留盞小夜燈，因此燈光相當昏黃，她探頭

往外望去，幾乎什麼都看不清。

「小靜。」聲音再度傳來，她終於覺得有些熟悉。

一抹人影掠過燈前，她倒抽了一口氣！「郭岳洋！」

當她急著要跨出去前，郭岳洋忽然打直手臂制止她，用力搖了搖頭，「不要出來！」她彷彿聽見了這樣的字句。

馮千靜收回腳，擰著眉看他，「你在這裡做什麼？不要鬧喔，可以快點回去了！」

郭岳洋搖搖頭，站在燈前的他因爲背光，馮千靜完全瞧不見他的表情與臉龐，但是他卻忽然轉向左方，連手都比向房門口。

她跟著看過去，「那是你房間，我進去會很不舒服，得等毛穎德他們回來。」

郭岳洋再搖了搖頭，用力的、一再的指向自己的房門口，伸直的手略微顫抖，這讓馮千靜困惑。

「一定要我嗎？哪有這麼嘛煩的事？我一開門就想吐耶同學！」她不耐的說著，「這件事我是眞的記得，你放心好了。」

郭岳洋搖得更用力，這會兒連雙肩都開始顫抖，雙手收回，掩面低泣。

天啊！這傢伙哭什麼啊，她比較想哭好嗎！他跟夏天一樣，都像長不大的小孩。「知道啦，我會去找的……但你好歹告訴我要找什麼吧？」

郭岳洋沒說話，一個勁的搖頭跟哭泣，馮千靜對於性別沒有太大歧視，也不會認爲男兒有淚不該輕彈。因爲基本上，不管男女她都覺得有淚不該彈，只要看見人哭她就煩！

「救我……」虛弱到幾乎聽不見的聲音傳來，馮千靜看著痛哭失聲的郭岳洋，心裡多少瞭解他的苦痛。

「我會的！」她認眞的點頭，不在意這件事的話，她也就沒必要刻意去青山路騎一趟了。

突然又一抹黑影闖入，直接來到郭岳洋的身後，他嚇得驚恐回首，馮千靜親眼看著對方一骨碌扯住郭岳洋的頭髮向後，那力道大得驚人，郭岳洋的頸子竟直接裂開，鮮血就這麼濺了出來！

她驚恐就要往前，「郭岳洋！」

啪！身後倏地有人拽住了她的手，馮千靜驚恐回首，紅衣小女孩竟站在她後方，緊緊握住她的手！

放開！搞什麼啊，郭岳洋他——

喝！室內一片通亮，馮千靜好端端的躺在床上，耳邊聽見鳥聲啁啁，天亮了！

吃力的坐起身，身體依然疲憊，蹙著眉睜開惺忪雙眼，環顧四周是她的房間，光線自窗簾透進來，瞥了眼床頭櫃上的鐘，是上午八點。

緩慢的下床將簾子拉開，今天天氣不好，雲層甚厚，看來能瞧見太陽的機會並不大了。

她站在原地，腦子裡一片混沌，剛剛看見郭岳洋的是夢？還是連夏玄允說他在醫院急救也是夢？是不是從她被撕開手臂之後一切都不是眞的？

現在呢？她剛剛也醒過一次啊，現在還在夢裡嗎？

喀喀，門外傳來開門的聲音，緊接著是鑰匙甩上桌的聲響！

「馮千靜！馮千靜妳醒著嗎？」腳步聲往她房間來，是毛穎德的聲音，接著叩門聲起，「妳還好嗎？再不應聲我進去了喔！」

「小靜沒事吧？」夏玄允的聲音跟著傳來，腳步聲急促的來到門口，「沒回應嗎？」

是夢？還是眞的？馮千靜痛苦的轉身走向門口，看著門把被往下壓，門被推開，毛穎德跟夏玄允同時都站在門口，一看見她嚇了一跳！

「哇啊嚇死人了！」夏玄允很誇張的大跳，「妳醒著怎麼不出聲啊？」

馮千靜沒說話，只是擰著眉看著他們兩個人，到底要怎樣才能確定是夢？還是現實？

啊，郭岳洋的房間嗎？她思索著往前走，毛穎德覺得她怪怪的，夏玄允倒是一個箭步擋在她面前，雙手在她眼前晃著。

「小靜，妳沒事吧？妳怎麼也失神了？難道失憶了嗎？哈囉？」他拼命揮著，完全擋去馮千靜的去路。

馮千靜瞅著她，忽然挑起一抹笑，雙手舉起緩緩捧住了夏玄允的臉。

「咦？」夏玄允尚在發愣，不明白馮千靜這個舉動是——咚！「哇！」狠狠一記頭搥直往他額上招呼，嗡嗡的聲響令人膽寒，就見夏玄允哀鳴一聲原地蹲下，馮千靜略微踉蹌兩步，撫著額頭覺得疼。

「欸，不是夢嗎？」用痛覺判斷不準，她被紅衣小女孩摔成那樣也不是沒醒！不管頭暈目眩，她掠過夏玄允往郭岳洋的房間走去，冷不防推開門，神龕神像好端端的在那兒，不適感即刻襲來！

「啊……」馮千靜至此終於鬆了一口氣，轉身貼牆，滑坐而下，「我終於是醒了嗎？」

毛穎德到她身邊，「怎麼了？分不清夢境跟現實嗎？」

「有點……我剛以為我醒了，還看到郭岳洋了！」她轉向趴在地上搥地的夏

玄允，「喂，你太誇張了吧！」

「嗚，妳分不清楚夢境跟現實，我分得清楚啊！妳幹嘛不去撞牆要撞我啦！」夏玄允撫著腫起來的額頭發出不平之鳴，「我靠臉吃飯的耶，我……」

「妳夢見郭岳洋？」根本沒人聽他說話，毛穎德將馮千靜扶起，「看見什麼？」

郭岳洋明明好端端的躺在醫院裡，應該不是亡魂吧？

「他要我救他，然後又指著自己的房間，大概希望我過去看看。」馮千靜搔搔頭，「唉，好亂，我先去梳洗清醒，然後等等想去青山路找光頭王問事情。」

「咦？曹江瑞他們也這麼說，在社團的臉書說他找到什麼資料，等等就要去了！」毛穎德跟著打了個呵欠，「妳去吧，我們有買早餐回來，吃完一起去。」

「嗯，」馮千靜點點頭轉身就往浴室去，進去前還瞥了夏玄允一眼，「夠了喔，再裝等等我幫你活動活動筋骨！」

唔！夏玄允立即站起，活動什麼筋骨啊，明明就是要練習怎麼鎖住敵人，他每次都被折得很慘耶！

「她怎麼跟其他被紅衣小女孩整的人不一樣啊！」夏玄允邊揉著額頭邊咕噥著，「痛死我了！」

「看她怪怪的就別擋人家的路嘛！」毛穎德只覺得好笑，「去拿冰袋敷著吧！」

「厚，頭搥，居然用頭搥……」夏玄允邊唸邊去冰箱拿冰塊，毛穎德則轉身進入郭岳洋的房間。

他知道馮千靜的意思，因爲郭岳洋是唯一沒有騎車看見紅衣小女孩，也沒撞到它，但是卻也陷入了昏迷……這是詛咒嗎？令人匪夷所思。

他開燈瞄了一下，郭岳洋的房間很整齊，書桌上擺滿了書……還有各式各樣都市傳說的研究，書桌牆上有塊軟木板子，上頭用小圖釘釘著備註事項，所有未做的、該做的，什麼時候交報告、什麼時候還書、取件。

「有什麼特別的嗎？」馮千靜站在門口。

「沒有，妳看，郭岳洋的東西一目瞭然。」他退到一旁，好讓她瞧得清楚。

馮千靜深吸了一口氣，她實在踏不進去，神龕帶給她的不適感太大了，站在門口就讓她全身發寒得想吐！無奈的嘆口氣，毛穎德倒是識相的從口袋裡拿出手機。「我拍，妳慢慢看總行了吧？」

馮千靜豎起大姆指，好樣的！

她轉身往餐桌去，毛穎德他們買了一大堆早餐，只怕是餓壞了；坐在對面的

下星期交
報告
人哲二份。

週二考
(英文)

檢定(畢業

宗哲小論
基督教歷

書錢:
9928213
9928240
9928264
9928238

4400

燈(AUG-3)
11/1.

夏玄允煞有其事的拿冰袋敷額頭，一邊說著昨晚的狀況，郭岳洋搶救回來後仍舊醒不過來，其他同學清晨後逐漸甦醒，一如馮千靜所料，個個都哭著不知道自己在夢裡還是在現實裡。

他們昏睡的過程，都在一層又一層不止的追逐與惡夢中。

他趁機在醫院把資料整理好，就差幾個需要求證的，他等等想跑圖書館一趟。

「跑圖書館有用嗎？」馮千靜皺眉，大口吃著蘿蔔糕。

「我們學校有早期報紙存放啊，我想去看看！」夏玄允很認眞的說著，「我覺得這個紅衣小女孩跟學校早期的傳說有關，導師不是有提過，我想去找找。」

「所以最後是落在學校的傳說嗎？」毛穎德搖搖頭，「紅衣小女孩的版本也太多了。」

「其實統整起來並不多，它就是個不祥與不幸的代表。」夏玄允扳起手指，「見到、不幸、意外或身故。」

就這三個，他的本子裡列得清清楚楚，不管是山裡的、或是在平地有人騎機車時遇到的，拼命追趕的，後面的發展都一樣。

「剛說曹江瑞他們查到什麼？」馮千靜的手機叮叮響，毛穎德把剛拍的照片LINE給她。

「沒說得清楚咧，但他找到的跟我一樣，針對學校的紅衣女人去查，他問山上店家確定很久以前青山路曾發生過嚴重的車禍，但太久了對方記不清！」夏玄允茶正察看著手機，「這也是我想直接去圖書館找報導的原因……啊，他跟徐貽潔已經先去問光頭王了，然後跟大家約十點在青山路側門那邊。」

「十點？」馮千靜皺眉，「他是當大家都沒課嗎？」

「命在旦夕誰還上課啊！」夏玄允沒好氣的說著，「小靜，洋洋他都急救一輪了！」

馮千靜抬首，夏玄允難得嚴肅，還擰眉望著她。

「幹嘛這樣看我？」

「洋洋就靠我們了啊！」夏玄允緊握住她的手，「妳應該知道，不快點把紅衣小女孩解決掉，死的不只是洋洋，黃宏亮、大角學長他們，還會有更多人！」

「知道。」她嘆了口氣，「我也是其中一員好嗎！但是我現在都自身難保了！我一拳打出去它就能擋下，我怎麼解決它？」

等等！毛穎德悄悄瞥了馮千靜一眼，天哪！她還在爲被一個非人擋下攻擊耿耿於懷嗎？這不是重點好嗎！好勝心也太強大了吧！

「我覺得要戰勝這個傳說，應該是先搞清楚紅衣小女孩要什麼，不一定是把它KO。」毛穎德挑了挑眉。

馮千靜白了他一眼，「然後呢？它要什麼給它什麼嗎？」

「呃，我也不知道。」毛穎德有點尷尬，「總之妳不是也說了，它好像在找人？而且是急著想拖大家去某處？」

「是啊，急驚風似的，又追又拖……」馮千靜沉吟著，「它一方面像是急著要追上騎車的人、又好像是急著要帶走大家，然後呢？還有警車是什麼意思？」

「警車？」這個讓夏玄允覺得有點跳TONE。

「那天你不在，在電梯裡時它手上拿著玩具警車。」特地舉起來給他們看似的，那一定有意圖，「你查新聞時把這個線索也放進去。」

「噢……好。」夏玄允點點頭，眉頭深鎖像是在思考著什麼。

餐桌接著陷入靜默，大家只顧著快點把早餐吃完，還有許多事要做，而且要加速做，否則難保不會再出什麼事。

畢竟傳說中，見到紅衣小女孩的人，都會陸續遭遇不幸，無一倖免，昨夜郭岳洋已經在鬼門關前走一回了，誰知道下一個是誰？

馮千靜雙眼閃爍著忿怒的光芒，很遺憾，她一點都不想當那個不幸的人，而且她也絕對不要再當被打的那一方了！可惡！

第九章
血紅髮夾彎

經過昨夜的「沉睡」後，馮千靜有重生的感覺，雖然又有詭異的夢闖入，但是並不礙事；她私下跟毛穎德聊過，他覺得那或許是郭岳洋的「託夢」。

「我也這麼認爲，而且我覺得他是想醒但是醒不過來。」失去小毛後，他們只能用走的，「他身後那個把他脖子扯開的人並不是紅衣小女孩，這讓我覺得奇怪。」

「妳怎麼確定不是？夢這麼清楚嗎？」毛穎德總是抱持質疑的那位。

「紅衣小女孩才多高？郭岳洋背後那個身影比他還高大……」馮千靜搖搖頭，「而且我要上前時，還是紅衣小女孩抓住我！」

「什麼？妳剛剛沒說這段啊？」從頭到尾，她就說夢見郭岳洋求救跟要找東西而已。

「是嗎？隨便啦！」馮千靜大而化之到毛穎德覺得很誇張，「這樣說來，我在夢境裡已經看過兩次除了紅衣小女孩以外的人了耶！」

一次是摔斷骨頭躺在林裡土堆尖石上時，上面刺眼燈光前的陌生人，再來就是郭岳洋哭著求救時身後那個扯他頭顱的傢伙。

「會是同一個人嗎？」毛穎德覺得這點很玄，「紅衣小女孩是不是想要妳……或是每個人看見那個人？」

馮千靜雙眼一亮，這話不無道理啊，這麼急切的追趕拖拉，只是每一次大家都在夢境中被扯斷手臂或是在路上逃亡時就醒了，沒有人像她夢得這麼深刻……也這麼慘。

LINE的聲音響不停，毛穎德拿起察看，「夏天說晚幾分鐘過來，他要影印報紙。」

「嗯哼。」馮千靜離側門還有幾步，就看到熟悉的身影，「咦？黃宏亮？」不只黃宏亮，大角、林詩倪都到了，馮千靜只感謝他們今天沒有又穿著一身紅色洋裝出來；不過這些人爲什麼知道他們在這兒？看向毛穎德，他只有雙手一攤，夏玄允當然又在社團裡貼了。

「他只是想報告一下最新消息。」毛穎德習慣又無奈。

「幹嘛什麼事都講啊！」馮千靜只覺得煩，走到黃宏亮他們面前，「你們沒課喔？」

「現在誰有心情上課啊！」黃宏亮眼神還是帶著疲憊，「雖然照妳說的把反光貼住比較好睡，但是事情沒了啊！」

「這兩天社團一直有人說看見紅衣小女孩的都會慘遭不幸，我、我好怕！」林詩倪咬著唇，大白天就在打寒顫，「我看曹江瑞跟夏天好像找到什麼了是嗎？

破除詛咒的方法！」

「都市傳說不等於詛咒。」毛穎德即刻更正，「那是個無解的謎。」

喂！馮千靜沒好氣的推了他一下，不說比較不嚇人好嗎！無解的謎是要嚇死這一票嗎！

毛穎德只是不愛大家把都市傳說惡魔化，這的確很詭異，但既不是詛咒也不算作祟吧……但他還是能感受到不平靜。

這次的不平靜，在於現實生活、在於人，騎車時下意識觀看四周，突然殺出來的紅衣小女孩，從後面死命追上的它，還有……毛穎德環顧四周，現在這無數雙眼睛的注目，他們正受到完全的注視，看來關注社團的人眞不少。

「噢噢！」遠遠地，毛穎德見到不妙的人，「喂，我們導師來了！」

「什麼！」馮千靜連忙抬首往校內看去，越過包圍他們評頭論足的人們後面，眞的是導師！「他們應該只是……路過吧？」

青山路整條都馬是吃的，老師應該來買東西……不過兩個系的導師同時都在這時間到，的確巧合得過分。

「馮千靜！」「毛穎德！」兩位導師一見到他們，異口同聲的喊著。

果眞是找他們的！

「老師怎麼來這裡了？」毛穎德還笑笑著說。

「你們社團最近很紅，看上面寫的就知道十點你們會在這裡。」張家義沒好氣的唸著，「教官跟學校都要我們管管你們了，你們社團無疑是恐懼的來源，我找夏玄允他都不接電話，只好來找你了。」

「有什麼好恐慌的？」馮千靜不明白，「這一堆人根本沒見到紅衣小女孩，連騎上青山路都不敢咧，恐什麼慌？」

「話不是這樣說，現在大家都在關注這件事，你們社團又緊追著不放，動不動就放消息，其實說穿就是樹大招風。」陳奕齊比較明理些，「妳看看最近社團裡不是吵起來了，今天你們只是在這裡集合，就吸引了這麼多人來看！」

「都是夏玄允，把行程貼上去做什麼？」她贊成導師說的，夏天實在是唯恐天下不亂！

「把社團關掉就是了，夏玄允呢？」張家義倒是顯得不耐，看來真的被校方唸了，畢竟「都市傳說社」的社長也是他班上的。

「不知道。」毛穎德聳了聳肩，隨口敷衍。

陳奕齊悄悄瞥了他們一眼，突然輕搭馮千靜的肩頭往角落去，像是有話要說；她狐疑的跟上，圍觀者也想湊一腳，大角他們眼明手快的幫忙擋住，被這樣看已經很令人不快了，還想偷聽嗎？

「上次妳說的那、個，我有幫妳問了。」陳奕齊壓低了聲音，馮千靜雙眼一亮，「在十幾年前還是二十年前青山路發生過事情，後來就變成傳說中的紅衣女孩。」

「是類似怎樣的事？」馮千靜焦急的睜圓雙眼，急切的追問。

陳奕齊有一點錯愕，從來沒有這樣直接看過馮千靜的雙眼，居然如此明亮啊！「妳眞的好積極，跟老師平常的印象差很大耶！」

咦？馮千靜立刻低下頭，這時候注意這個做什麼啦！她抿著唇，趕緊又假裝害怕的縮起雙肩，「不是、因爲、因爲我跟室友都……我是因爲很害怕所以才焦急。」

「唉，好啦！我眞的也不知道你們在搞什麼，不過我還是寧可信其有，當時我在唸書時也有同學信誓旦旦的說看過！」陳奕齊接著說，「就是以前青山路曾經發生過疑似車禍的事件，有人說肇事逃逸，但那個年代是沒有監視器的，所以目前爲止還是懸案。」

「肇事逃逸……」這不難想像，所以紅衣小女孩是在後面追著肇事駕駛，一追幾十年。

「嗯，但是會產生傳說，是因爲——」

軋——砰！遠遠的，忽然傳來驚人的煞車聲與巨大碰撞聲，馮千靜嚇得回首，在場原本紛雜的聲音也刹時停下。

張家義正在要求毛穎德他們停下手邊無謂的調查，毛穎德伸手制止他繼續說下去，因爲剛剛那聲音聽起來多令人膽寒啊……那根本就是車子碰撞的聲音啊！

「不會吧……」毛穎德喃喃唸著，立刻旋過腳跟，馮千靜即刻跟上。

現場一片死寂，青山路上的店家也紛紛狐疑的探頭，所有人尚未從那駭人的聲響中回神，但是毛穎德已經從側門疾步離開，馮千靜尾隨在後，他們越走越快，不知什麼時開始成了拔腿狂奔。

黃宏亮他們幾秒後，終於回神也跟了上去。

從側門走出後向右下緩坡，距離髮夾彎大概只有幾十公尺的距離，奔跑起來很快就能到達，之前馮千靜就是買完晚餐想往下探視時在這兒被羅佳茹叫住的！因此不必到髮夾彎，就可以看見下方彎道後的狀況了！

他們清楚看見一台小貨車橫跨了兩個線道，車頭向著密林的陡坡，都已衝離了馬路邊，因撞上陡坡的樹所以停下，但是橫躺在後輪下的機車破碎扭曲，碎片到處都是。

再往下奔去看得更清晰，前輪底下開始漫出鮮紅血泊，一層又一層的血窪正在擴大。

「報警！快點報警！」毛穎德扯開嗓門大喊，後頭的黃宏亮他們即刻停下拿出手機。

他跟馮千靜雙雙奔下髮夾彎，突然止步，因爲在剛剛上頭視線被遮蔽的範圍內，有一隻血淋淋的大腿躺在石牆邊……只有大腿。

毛穎德直覺的向前一步，打橫右手將馮千靜擋在身後，緩步往前，有輛機車在小貨車的輪下，有一隻腳卡在輪胎上緣，那已經是被捲入的狀態，而前輪旁有一隻手，頹然的擱在地上，浸泡在自己漫出的鮮血當中。

「怎麼會這樣！」爆吼聲從小貨車的另一頭傳來，橫著的小貨車遮去所有視線，他們看不清來人。「嗶嗶——」

哨音跟著響起，他們也聽見了對向引擎聲，幸好有人阻止了要上來的車子，進行交通指揮。

「同學！同學！」聲音急切的喊著，「我打119！你等著喔！」

「已經報警了！」毛穎德趕緊回應著，他小心翼翼的跨過所有碎片，從車尾向對面瞧。

「啊？」另一頭終於探出人影，果然是一臉慌張的光頭王，「報警了嗎？你們不要動到這邊的東西喔！我要去設警示牌！你過來幫我看阻止開上來的！」

「好！」毛穎德即刻回首，對著有一段距離的黃宏亮喊著，「你們，阻止上面下來的車，這邊出車禍兩個線道都不能走了！」

「好！」黃宏亮收到，即刻以宏亮的聲音向上喊著，需要附近店家幫忙。

女孩們戰戰兢兢的看著眼前的一切，有人嚇得哭出聲，有人已經在旁乾嘔起來，黃宏亮見狀連忙把大家都往上帶，禁止其他閒雜人等下髮夾彎。

毛穎德看著那隻大腿，心裡有數大腿的主人怕是凶多吉少了！回身想試著察看輪底，但是心裡又帶著恐懼。

小貨車駕駛在車上哀嗚，卡在駕駛座裡動彈不得。

馮千靜已經蹲在車子邊，望著前輪那攤著的手，是女生的，而且……她穿著紅色的洋裝。

「我不知道！她突然就站在那邊不動！」貨車駕駛哭喊著，「我怎麼按她都不走，然後那台機車就突然衝下來，我怎麼閃都閃不掉啊！」

「誰在那邊不走？」毛穎德大聲問著也嚇到的駕駛。

往前跨過碎片，卻看見了躺在地上一支螢幕裂開的手機，手機上綁著熟悉的吊飾，腦海裡出現在社團辦公室的一幕幕，曹江瑞的恐懼、他說的護身符……曹江瑞！

毛穎德即刻拿出手機打給曹江瑞，拜託千萬不要是不要是——

悅耳的步步從地上手機響起，手機閃爍發光，即使螢幕裂掉，似乎也沒有傷及手機功能，可是那不就代表……

「怎麼回事？」站在彎處的黃宏亮感覺到了，他顫抖著舉起手機，「不會的！千萬不要！」

另一組鈴聲跟著響起，在路中央的包包裡，毛穎德跟馮千靜不約而同的回首看向包包，再看向黃宏亮，那又是誰的手機？

「徐貽潔……徐貽潔跟曹江瑞一起去的啊！」黃宏亮的聲音近乎無力，「天哪！那是曹江瑞跟徐貽潔嗎？」

其他同學聞言尖叫出聲，毛穎德狠狠倒抽一口氣，「不可能！都要十點了，他們應該是上坡來找我們的！這是下坡，方向不對！」

儘管再怎麼不願相信，現場零散的碎片已經證實了一切，馮千靜喉頭緊窒，緩緩向左抬首看向毛穎德。

「她的指甲都是咬痕……」

「什麼!?」毛穎德狐疑的望著她，在前輪下的那隻手上，每個指甲都有被啃咬的痕跡，這麼剛好，他們最近也認識一個焦慮就會拼命咬指甲的女孩！天哪！

「那個人不是徐貽潔嗎？」

他問的是在前輪血泊裡那隻手的主人，他原本以爲是跟曹江瑞一起的徐貽潔啊！但是她沒有咬指甲的習慣！

馮千靜搖了搖頭，因爲蹲下來的她，這角度可以看見車子下有兩顆頭，表示後輪下是兩個人。

除了機車上的雙載外，還有另外一個人，正是貨車駕駛口中那個「她突然不動」的人！

「怎麼了？」夏玄允的聲音遠遠的傳來，「發生什麼事了？」

上頭一陣喧鬧，有人擋下了他，黃宏亮朝著他搖搖頭，語重心長的說著事實，「是曹江瑞他們！」

「什麼……」夏天衝了下來，黃宏亮擋著他不讓他往前，他看向毛穎德要一個答案。

「是他們。」他頓了頓，與馮千靜四目相交，「但還有第三個人，可能是……」

最近因為紅衣小女孩而認識的人們中，只有一個人有咬指甲的習慣，她正巧也是那不曾做惡夢卻總是失憶、那天也身著紅色洋裝的一員。

吳佩倫，她再度化身為紅衣小女孩，只是這次正式站在了青山路中央。

厚重的烏雲裡透著銀光閃閃，數秒後雷聲大作，法師已經到場招魂，遺體均被移出小貨車底下，曹江瑞被捲在輪胎裡，徐貽潔頭顱破裂，而吳佩倫是遭到強力撞擊後再捲進車底下，三個人幾乎都是當場死亡。

小貨車駕駛心有餘悸，口口聲聲說不是他的錯，他速度適中的往上開，但是曹江瑞的機車卻直衝下來，他看見兩個學生尖叫大吼著，龍頭卻歪歪斜斜的朝他這邊衝來，他只好嚇得打左到對向車道，可是才轉過去，突然站了一個紅色洋裝的女孩子，他大鳴喇叭，但是那女孩動也不動。

接著的事都在眨眼間發生，他不知道是他先撞上紅衣女孩，還是機車先撞上他的車子，他只知道車頭完全向左朝著陡坡衝去，若不是眾多樹木擋下只怕車子就整個往下掉，不過劇烈的衝擊依然讓他骨折。

輪下的人他就不知道了，他被卡在駕駛座動彈不得，也是等到消防隊來將門

拆開才得以搬出他。

青山路就此封鎖，從光頭機車行一路封到靠近學校側門處，兩個方向都不能通行，所以警方後來在山下的青山路頭就立了標誌，表示山上有事故，請駕駛繞道。

柏油路上滿是血跡，黃宏亮等相關人士都不肯走，大家一直看著曹江瑞他們的遺體上了救護車，有人當下迸出哭聲，不一定是爲了曹江瑞他們的慘狀哭泣，只怕是想到了下一個會不會是自己。

「我早上傳LINE給她說……大家要到側門集合，她那時就已讀不回，我沒想太多！」有跟吳佩倫聯絡的林詩倪哭得泣不成聲，「在側門沒看見她我也沒在意，以爲她有課還是怎樣……」

「你們失憶時誰都不會有反應的不是嗎，別想太多。」夏玄允溫柔的安慰著她，「只是沒有人想到會發生這樣的事。」

「曹江瑞他們……」黃宏亮喃喃望著地上的血跡，「好像是特意走上這條路的。」

他們比馮千靜早一步來問光頭王關於多年前發生的事件，幾乎是在門口等著光頭王開店門的，因爲他那時還有在ＦＢ裡發文；爾後光頭王說他們劈里啪啦問

了一大堆，好不容易問完後才要上去會合，卻有東西落在了機車行裡，所以才又折返。

「都是我啦，我不要叫他們回來拿東西就好了！」光頭王跟警方難受的說著，「不這樣他們就不會出代誌了！」

「這也不能怪你，東西就忘記了啊！」警方還在安撫，光頭王一直用力擦著眼淚。

這是人之常情，看見學生漏了東西本來就會通知的，曹江瑞的確也是因爲折返才遲了幾分……不，是永遠到達不了約定的地方。

「光頭王怎麼會有曹江瑞的電話？」毛穎德不解的問。

「啊？」光頭王越過警方看著後頭的大家，「就、就他說萬一想到什麼事，要再打電話給他，就把電話寫在我桌上……就那個時候把手提袋放在地上就沒帶走了！」

「原來……」夏玄允緊皺著眉，看著警方把曹江瑞的東西都收走。

「他有說跟同學有約，走得很急，我還特地把袋子拎出來到店外等他，可是我看見他彎下來後速度好快，根本沒有煞車……那時候小貨車也上去，我在後面一直喊一直喊，沒幾秒砰了！」說到這裡，光頭王緊皺著眉一臉不可思議，「還有那個女同學……她是哪裡來的？我出店外時沒有看見她啊！」

「好、好，冷靜點，先生可能要跟我們回警局一趟。」警方說著，畢竟光頭王是目擊者。

他點點頭，難受的跟馮千靜他們說抱歉，但這的確不是光頭王的錯，他只是好心的提醒曹江瑞東西忘了帶而已。

毛穎德回首看著這條路，關鍵在於為什麼曹江瑞沒有煞車？

強風刮過，天色變得相當昏暗，雷聲隆隆不斷，眼看著就要下大雨了，警方加速進行現場清理，路總不能封一整天。

「我們怎麼辦？」林詩倪嗚哇的哭了起來。

「不要獨處，找人看著妳們吧！」夏玄允想到的是這點，「用團體的力量，我們沒辦法再承受任何一個人變成紅衣小女孩！」

一旁一個警官忽然抬頭，狐疑的看了他們一眼。

「對，找同學跟室友，讓妳們在大家的眼界範圍內！」毛穎德跟著附和，「不能再發生像吳佩倫或呂君樺的事，妳們不是紅衣小女孩，不能陪它送死！」

紅衣小女孩可以在路中央被撞幾百次都沒事，但是這些同學是活生生的人啊！

「你們在說什麼紅衣小女孩？」警官終於忍不住的上前了。

馮千靜側首，看著警官站到自己身邊，「就、就一個傳說……」

「不是傳說吧，你們剛剛說陪誰送死？這是怎麼回事？」警官敏銳的掃視著他們，看見的卻是恐懼與悲傷。

夏玄允做了個深呼吸，竟立即上前跟警官解釋這一切的狀況，他們認爲死亡的人是因爲化身成紅衣小女孩，因爲紅衣小女孩一直站在青山路這兒，許多人騎機車時都差點撞上它，一回頭卻不見人。

還有前幾天被手煞車鬆開貨車撞死的呂君樺，也是在那瞬間成了紅衣小女孩……彷彿迎向車子似的。

警官跟老師不一樣，沒有立刻反駁，也沒有說怪力亂神，而是認眞仔細的聽下去，毛穎德見狀追加了一些細節，像是住院的學生、紅衣小女孩的傳說，以及曹江瑞他們還敢騎這條路的目的。

「我們導師說，以前這裡就有紅衣小女孩的都市傳說……或說是學校傳說。」馮千靜幽幽出聲，「發生於多年前的一場車禍。」

警官望著他們，緩緩點頭，「這麼說來，好像是有這麼回事。」

咦？所有人莫不驚愕的看向這看上去相當資深的警官，目測最少超過五十歲，也就是說……他有可能瞭解以前的案子。

「我在這轄區很久，這案子我有整理過。」警官點點頭，「只是青山路的車禍太多了，根本記不清，但是你們說的紅衣女孩我印象很深，因爲太常有人報案說在這條路看見紅衣小女孩。」

「眞的？」夏玄允整個人都亮起來了。

「嗯，連開車的人都說有女孩子突然跳趴到引擎蓋上，滿頭都是血，穿著紅色的衣服敲著擋風玻璃。」警官輕輕一笑，「什麼版本都有，我們聽多了見怪不怪，但是對這件事的眞實性持保留態度。」

「那可以知道到底是怎麼回事嗎？」毛穎德關心的只有這個。

「嗯……我不敢肯定，我回去翻閱案子資料後再跟你們說好了。」警官沉吟著，「不過你們幾個也要跟我回去做筆錄，一道吧！」

知道曹江瑞來這兒幹嘛的人、在側門等待的人全部都得一起去，兩位導師自然也一道，張家義主動上前跟警官解釋都市傳說社團鬧出的事情，請他別介意還頻頻道歉。

這讓毛穎德翻了好幾個白眼，覺得導師這樣很煩；有別於張家義的態度，馮千靜的導師倒是截然不同，他走到馮千靜身邊，關懷的低首。

「還好嗎？」

馮千靜不再正眼對上老師，默默的點點頭，「嗯……」

「老師開始相信妳說的話了。」陳奕齊嘆了口氣，「一直發生事情，都讓我想起我們那時的傳說了。」

馮千靜立馬抬頭，「對了，老師，你剛剛還沒說完！」

「是啊……其實很簡單的就是個車禍，傳說是一位媽媽帶著姊弟來買東西，要姊姊顧著弟弟，誰知弟弟貪玩就跑到馬路上玩，姊姊追了過去……」導師說得很小聲。

「出車禍了。」

「不，」陳奕齊搖了搖頭，「失蹤了。」

什麼!?馮千靜瞪大雙眼，「在青山路失蹤？」

「路上有煞車痕、有撞擊過的碎片，甚至有血跡，但是沒看見人也沒有車子。」陳奕齊說得煞有其事，「那個媽媽找不到自己的孩子，報警警方也遍尋不著，有人說有聽見碰撞聲，也有人說聽見尖叫聲，可是那對姊弟就這麼消失了。」

馮千靜錯愕的聽著這個，跟她想像中完全不一樣的故事，不是車禍嗎，不是肇事逃逸嗎，爲什麼搞半天是失蹤案？

「然後呢？傳說是怎麼出現的？」

「聽說他們進入了不同的世界，也有傳說撞到他們的人其實只是撞到幻影、也有人說搞不好肇事的那台車跟著進入另一個世界了！孩子的媽媽每天在這邊哭著尋找孩子，那對姊弟也想回來可是回不來。」陳奕齊頓了頓，「它每晚站在青山路這裡，希望可以找到回去的路。」

警方點算著人數，請要做筆錄的人上車，夏玄允回頭交代大角跟其他人一定要小心安全，絕對絕對不要落單，也不要再到青山路上來。

銀色閃電劈開雲層，可怕的雷聲宛如天空在怒吼，緊接著豆大的雨點開始落下，大家加速的往警車跑去。

毛穎德回身看向馮千靜，那瞬間的眼神異常詭異。

她狐疑的看著他緩緩正首……不，是往兩點鐘的方向看去？馮千靜跟著轉過去，在陡坡裡的暗黑密林間，看見了模糊潛藏的紅色身影。

現在是白天，她暗暗掐了自己的手，疼得皺眉，雨水落在身上是冰冷的，竟然看見了在樹木間的紅色身影。

陳奕齊在旁脫下外套爲她遮著要她快點移動，紅衣小女孩在雨水中變得更加

模糊不清，但是它就在那裡！

「老師，」她輕聲的問著，「那個姊姊失蹤時，穿著的是紅色洋裝嗎？」

「正是。」

大家陸續上了警車，馮千靜坐在導師跟毛穎德中間，外頭已然滂沱大雨，雨滴打在警車上咚咚作響，車子緩緩朝著山下移動。馮千靜緊繃的望著車上三個後照鏡，車內後視鏡讓她瞧見……紅衣小女孩站到了大雨中的馬路上。

不要過來！馮千靜在心裡喊著，這裡這麼多人，妳最好不要過來。

右手忽而被緊握，她嚇了一跳分神，看向毛穎德，他只是輕輕微笑，「我們現在在警車裡。」

「嗯？」廢話，不然在哪裡。

毛穎德不好明白解釋，馮千靜可能不知道，警車警徽具有一定的陽氣，傳說中可以鎮邪的……不管紅衣小女孩是什麼，如果它忌諱神龕，也該忌諱警察！

車子向前行駛，馮千靜不懂自己是在期待什麼，但是她卻引頸看著後照鏡——紅色的身影已經消失。

她竟然帶著點失望，她以爲那女孩應該會追上來的……喝！右手再度被緊握，她顫了一下身子，毛穎德掐得好用力。

「喂，你是——」她轉頭抱怨，卻瞥向了車子右前方的車外後照鏡。

紅衣小女孩正在奔跑，這次它沒有手刀狂奔，而是伸長了手，帽兜下的嘴張大彷彿在吶喊，拼命的追著車子——

放、開、他。

第十章 那個雨夜

那也是個滂沱大雨的夜。

在路邊賣菜維生的媽媽將弟弟交由姊姊照顧，專心的爲了養家糊口而做起生意，小姊姊一向懂事，專心的照顧弟弟不讓母親憂心；他們習慣在青山路上下玩耍奔跑，在早年治安良好的年代，孩童們都是在路上玩耍的。

日暮西沉，冬季的天色暗得早，母親收拾好攤子，卻呼喚不到孩子，青山路上上下下找了一遍，全無孩子蹤跡，卻在下坡路段找到姊姊綁髮的帶子，還有弟弟的玩具碎片。

沒有人知道發生了什麼事，報警後警方冒雨上來，看見的是被雨水沖刷過的路面，除了煞車痕外，什麼東西都沒留下，有人受傷了嗎，是否有流血，全部都被雨水帶走。

從此以後，姊弟倆無消無息，傷心欲絕的母親日日在這兒等待搜尋，卻再也找不到孩子們……卻開始有人看見紅色身影在青山路上徘徊，姊姊失蹤時穿著的正是紅色連帽洋裝。

她有時站在路中央，有時站在上坡處，有時甚至漫步在路邊，也有人在學校側門看過她蹲在地上玩耍，甚至有人信誓旦旦的說紅衣小女孩一路跟著他回宿舍。

傳聞不斷，紅衣小女孩變成紅衣女鬼、又變成紅衣姊姊，出現在學校各種角落，傳說也漸漸從失蹤的孩子、變成進入異世界的人、還多出了情變自殺的版本，林林總總，只剩下一個共通點：紅衣與青山路。

爾後在別處山裡有出現紅衣小女孩的傳說，不幸與詛咒的傳聞不逕而走。這是最終找到最完整的傳說版本，警官最後因爲忙碌也無暇幫他們查當年的案子，但是他很肯定的說，那是起失蹤案，絕非車禍意外。

馮千靜端著熱咖啡坐下，今晚他們家相當熱鬧，黃宏亮、大角跟林詩倪也來了，下午做完筆錄後回到社辦，發現大家都在那兒靜待消息；車禍意外初步判定是煞車不及，小貨車上的行車紀錄器拍得一清二楚，曹江瑞他們根本是直衝下來，地上也沒有煞車痕。

只是他的遺物還在偵查中拿不回來，因此大家只能向光頭王再探聽一次；光頭王說曹江瑞問了很多車禍的事，讓他回憶重大事件，加上曹江瑞功課做足，都採用引導的方式提醒光頭王。

那起失蹤案光頭王自然也記得，那時候人失蹤是很不得了的事，加上母親大家都認識，大家都幫忙日夜尋找，卻無論如何都找不到。

「我們學校這個紅衣小女孩，算不算集之大成？」黃宏亮認眞的說著，「尾隨在後、追逐、不幸，幾乎通包。」

「是啊……」夏玄允正在閱讀手上一疊影印紙張，「可是以前學校裡傳說的紅衣小女孩沒這麼厲害啊！」

「是不是有什麼啓動了啊？」林詩倪戰戰兢兢的說著，「然後我們就這麼倒楣……」

「好了，不要再哭了。」馮千靜聽了就煩，「現在好不容易能拼湊出這個都市傳說的樣子，要加速把事情解決，我不想做不會醒的惡夢，你們也不想變成紅衣小女孩站在路中央吧！」

嘖！毛穎德在桌下踢了她一腳，幹嘛哪壺不開提哪壺啊，沒看到眼前一票人臉色蒼白，都哭紅了眼還講！

馮千靜自己也是心煩，但是她喜歡快點把事情解決，就像遇到棘手的敵人時，步步爲營之外，也是要盡快ＫＯ奪分才對！

哭是有個屁用喔！有用的話她哭二十四小時！

「所以紅衣小女孩就是那個姊姊嗎？」黃宏亮很快重新切入狀況，「她跑到路中央嚇人沒有意義啊，還有讓同學站在路中央變成它而死又是爲什麼？」

「它在追著某個特定的人。」馮千靜肯定的回著，「我覺得它有目的，只是

做法很有問題……所有事都不是偶然，絕對有跡可循！」

「追著特定的人？」大角學長有些狐疑，「妳意思是說，它在追肇事逃逸那個人？」

「不一定吧？不是說那是失蹤案不是車禍？只聽說有煞車痕跟碎片而已，並沒有說他們發生車禍啊！」林詩倪也沒錯過這點，「如果眞的出事，怎麼會沒人知道？」

「不是說有人好像聽見煞車聲？那個年代車子少，大家也都在上頭鬧區，髮夾彎以下那兒根本是荒煙蔓草耶！」大角學長搖搖頭，「就算眞有搞不好也沒人注意到吧！」

「但是車禍依然沒有確定曾發生過，所以我們不能用車禍去思考。」毛穎德擔心大家想錯方向。

車禍不一定發生過，但是絕對有車子在。

馮千靜沒刻意提起紅衣小女孩追著警車的事，可她無法忘記，紅衣小女孩難得清楚的嘴型：放開他。

它追著車子、追著人，放開誰？不是車禍，難道是綁架？都市傳說眞有這麼複雜嗎？

「導師說他們那時候就有傳說了對吧，只是紅衣小女孩或紅衣女人，可是都一直有人看過，也有人報案。」夏玄允緩緩的開口，皺著眉像是陷入深思，「學校附近，好像眞的每一年都有事耶！」

「光頭王說過，青山路的車禍非常多啊，那路段本來就超危險的！」不說紅衣小女孩之前，很多人都在那邊摔過車。

毛穎德聽懂夏玄允的語言，他伸手抽過他手上的紙，這傢伙是研究出什麼了嗎？

紙張一到手，身邊的馮千靜即刻湊過去看，這讓黃宏亮他們都好奇的離座，毛穎德趕緊要大家先坐好，等會兒會傳遞。

夏玄允印下的是還找得到的報導，這是上午在圖書館找到的資料，死亡車禍實在不少，不過他厲害的在於：找校刊。

「眞是琳瑯滿目啊……」馮千靜算開了眼界了，校刊一向刊載學校事務，大小車禍不但有，還眞有學生投書看見紅衣小女孩，嚇得魂飛魄散。

印下來超多則的，一疊有幾十張！

「但是沒有提到像我們一樣做惡夢、被追殺，還有失憶的。」毛穎德火速瀏覽過後，把東西傳給黃宏亮他們看。

「我覺得……」夏玄允喃喃自語，「好像哪裡怪怪的。」

對面的人輪流看著校刊，一群人在那兒翻閱著，林詩倪看完給大角、大角看完給黃宏亮，毛穎德提醒他們順序別弄亂了。

「順序……啊我這個是十一月五號的，是第一張吧？」黃宏亮嚇了一跳，他們剛眞的是隨手分。

「這個是月底的……」林詩倪趕緊把紙張放下整理，「學長你那個放在這裡，十一月七號的報紙！」

「那我這個是六號的！」大角望著左手那張，低頭察看，「啊不對，這是另一年的！」

啪！夏玄允忽然擊上桌面站起，嚇得所有人都愣住，黃宏亮他們手上還捏著紙，望著瞪大雙眼的夏玄允……只是稍微弄亂不必那麼刺激吧！

「順序！」他二話不說起身衝到大角他們身邊，不顧他們正在排列，唰地把一疊紙給鋪開來，「十一月……十一月……又是十一月！」

毛穎德瞬間也起身趨前，幫忙把紙張一張張拉離，每一年的十一月，都有嚴重的死亡車禍，紅衣小女孩的投訴也都集中在十一月！

「十一月三號，最早都是從這個日期之後！」夏玄允激動的喊著，「第一起車禍是從三號開始，就有人看見紅衣小女孩，接下來會發生死亡車禍!!」

十一月三號！馮千靜倏地拿起手機察看，現在就是十一月，彭宏達他們出事那天是——「十一月六號！這之前有過什麼事嗎？」

「十一月三號青山路就有摔車！」黃宏亮他們都知道這件事。

「這是週期循環！」夏玄允興奮莫名，「每週年的十一月它會特別活躍！這絕對有關係！」

「週年慶嗎！」馮千靜不悅的嚷著，啪了桌子，「什麼時候開始淡化？」

「淡化……不，陸續都有，但十一月過後會變少了。」大家分工合作的把報紙依月份分開，幾分鐘後，一個月份一疊。

十一月份，特別的厚。

「多少條人命在這裡，如果眞的有週期性，那麼……」馮千靜雙眼緩緩看向十一點鐘方向的冰箱上頭，他們釘著的月曆。

今天是，十一月二十九。

林詩倪順著她的眼神看去，當下就倒抽一口氣，黃宏亮呆愣的望著月曆，渾身止不住發抖，大家心裡都明白一件事：如果紅衣小女孩的傳說爲眞，那是否代表他們活不過十一月？還是只要熬過十一月就沒事？

夏玄允衝向月曆，一個人在那兒喃喃自語，毛穎德則擰起眉，剛剛意識到日期的瞬間，在場所有遇過紅衣小女孩的人臉瞬間轉黑，黑氣從體內篡了出來。

他們過不了十一月！心底有個聲音這麼說。

「不要，我不要！」林詩倪掩面就哭了起來，氣氛瞬間丕變，黑氣幾乎纏住了她整個人。

「冷靜點！」毛穎德趕緊開口，「大家負面情緒越強，說不定對方更有機可乘！我們要面對這件事，不能怕它！」

「怎麼不怕！」她哭喊著，「再兩天就十二月了，看見紅衣小女孩的人都會死，那我們、那我們、那我們——」

噹——噹——牆上的鐘突然敲響，嚇得現場一片驚叫。

鐘聲沉重而緩慢，敲響了十二下，現值午夜十二點，分針喀嗟的向右移了一格，零時一分。

夏玄允唰地撕下二十九號的月曆，時間進入了十一月三十。

「天哪……」連黃宏亮都覺得快喘不過氣了，「我們會怎麼樣？住院的同學，還有……」

馮千靜瞇起眼看著月曆，忽然將椅子向後推，旋身朝房間走去。

「小静？」夏玄允錯愕的喚著。

「這有什麼好想的！」她昂起頭，「就在今天把事情了了，就不必怕了！」

所有人瞠目結舌，不明白她怎麼能如此自然。

毛穎德仰頭望著鐘，秒針持續的移動，時間不會停止……感受到夏玄允的視線，他們默默交換了眼神。

馮千靜大概被事所擾所以忘記了，他們家的鐘，早就把聲音關掉了，根本不該會響的。

是誰，在幫他們倒數計時？

天空沒有星光也無月光，下了一整天的暴雨，好不容易稍稍停竭，冬夜下雨後氣溫更低了，人人穿著羽絨衣，繫著圍巾，口中吐出來的都是白色煙霧，緩步走在青山路上。

大家於此聚集，凌晨一點，路上幾乎沒有人煙也沒有車。

馮千靜一句話說得眞乾脆，如果眞怕活不過十一月，那就在月底、今天把事情解決掉就好了！講得好容易，毛穎德心底是沉重的，他可以感受得到這裡磁場

的詭異，每個人身上的黑氣，但是卻無能為力。

好不容易才拼湊出紅衣小女孩的原型，但是從來不知道怎麼對付都市傳說，連對都市傳說沉迷的夏玄允也是束手無策！

可是馮千靜說要來，大家依然跟上，厚重的羽絨大衣下是她另一件戰鬥服，這是只有毛穎德跟夏玄允知道的祕密，其他同學都沒留意；因為她紮起了馬尾，眼鏡礙於有其他人在沒有取下，可是袖子裡多了一管短棍。

她的招牌武器之一，霓彩棍，她是來戰鬥的。

他們走到紅衣小女孩最常出沒的地方，髮夾彎彎下後約十步距離，右邊下山車道；深夜的青山路除了路燈外，什麼都沒有，空無一人的道路，前方彎道盡頭的機車行也已熄燈，一邊約兩公尺高的水泥壁，一邊是密林陡坡。

「你有看見什麼嗎？」馮千靜壓低了聲音，刻意只問毛穎德。

「不對勁。」他嚥了口口水，「我渾身上下都在汗毛直豎。」

他不是什麼強大的陰陽眼或是靈媒體質，只是第六感比別人強，這裡詭異到應該正常人都有感覺吧！不說整條路上瀰漫著一股死寂，那黑暗的樹林裡好像有什麼正在看著他們，盯得他頭皮發麻。

「那正好。」她深吸了一口氣，「我這次要改變方針。」

「我覺得不妥。」毛穎德拉過她，「妳一定要到這裡嗎？」

「我們都沒人好好的看紅衣小女孩想幹嘛，所以我打算採柔性措施。」她根本沒在聽他講話。

「柔性？」他掐掐掌心，都可以握到她藏在袖裡的短棍，「這叫柔性？」

「嘖！這是以防萬一啊！」她沒好氣的白了他一眼，回首看向黃宏亮他們，「拜託你們保持清醒，萬一林詩倪衝出去得阻止她。」

黃宏亮跟大角是惡夢派，如果他們醒著的話，一定會盡全力阻止她突然衝到路上，可是……

「放心好了，我跟毛毛都沒有遇過它。」夏玄允開口，聲調平穩中帶著雀躍，「誰睡著我們就打醒他，失憶走出去的人我們也會阻止。」

說得容易，毛穎德挑了眉，萬一大家同時發作，該顧哪個？

「馮千靜，妳打算怎麼做嗎？到這裡來……等它出現？」林詩倪恐懼的說著，不停搓著手。

「我不被動的，我要自己去找它。」她一派輕鬆的走向上次撞到紅衣小女孩的位子，右側車道靠近雙黃線處。

同學們狠抽口氣，去找紅衣小女孩？這是哪門子的辦法！

「太危險了！不行！」黃宏亮果然正義感十足，「不然大家一起去！」

「別了，我習慣一個人。」馮千靜頭也不回，逕自拉過毛穎德，夏玄允見狀也要跟上，「夏天，你退後！」

「咦？」夏玄允一臉無辜，「你們排擠我！」

「對啦，就是排擠！顧著大角他們！」馮千靜推了他一把，他還一臉受傷，「快去啊！」

「唉，」毛穎德嘆口氣，只好幫腔，「夏天，學長他們不能沒人看著。」

「你居然跟她沆瀣一氣！」夏玄允不爽的回身，這麼重要的事竟然把他排外！

「少耍幼稚了。」馮千靜咕噥著，正首拉下毛穎德談正事，「我要在這裡入睡，你得幫我。」

「這裡!?」毛穎德瞠目結舌，「喂！大馬路上耶！」

「所以才要你們幫我留意，至少指揮車子。」馮千靜有些無奈，「我覺得在這個位子入睡最直接，你剛不也說狀況不妙。」

「妳……」毛穎德第一次覺得馮千靜比夏玄允更令人頭痛，「還眞是明知山有虎，偏向虎山行啊！」

「這叫不入虎穴，焉得虎子。」她挑高了眉，「然後，你得在我入睡前，對我施展你那個三腳貓言靈。」

「三腳貓這三個字是多餘的。」雖是事實，但聽了眞刺耳，「妳希望我說什麼？」

馮千靜眼尾瞄到偷偷潛近的夏玄允，只好踮起腳尖，附耳低語，這景況讓黃宏亮他們覺得好神祕喔，而且……他們感覺眞親暱喔！

毛穎德直起身子時，臉色變得有些嚴肅，只是默默的點頭。

「眞神祕。」夏玄允在旁開口，話裡都有醋味，「居然在我面前說悄悄話！」

「吃什麼醋啦，沒跟你搶人啦！」馮千靜勾了嘴角，居然原地開始做起暖身運動。

夏玄允看向毛穎德，他卻只是回以淺笑，輕輕搖搖頭，代表著什麼都別問；夏玄允明白這氛圍，他只好聳肩，感覺得出來自從認識小靜後，毛毛有所變化，也開始有祕密了。

「好了！」馮千靜嘿唷了聲，扭頸子就要坐下。

「喂，妳就這樣躺嗎？地上是濕的耶！」毛穎德立刻阻止。

「都什麼時候了計較這個！我穿長大衣沒關係。」她二話不說就地坐下，後頭的大角跟黃宏亮紛紛驅前。

「馮千靜，妳……妳該不會是想在這裡睡覺吧？」林詩倪也領會到了，「太危險了！這裡是馬路，而且是、是……」

紅衣小女孩出沒的地點！

馮千靜回首瞥了他們一眼，再看向夏玄允，「欸，交給你了！」

夏玄允忽地從口袋摸出個東西，無預警的朝馮千靜拋扔過去，她眼明手快的接住，有些錯愕。

「小禮物。」夏玄允眉開眼笑的說著。

「什麼東西啊？」黃宏亮問著想知道，馮千靜卻只是會心一笑，就隻手包握著那禮物，沒給任何人瞧見。

「祕密！」夏玄允一臉得意的樣子，「退後退後，你們不要站到髮夾彎這邊來！」

夏玄允吆喝著大家往上走，馮千靜卻已經坐了下來，毛穎德跟著蹲下，眉宇間盡是擔憂，這種他一刻都不想待的地方，她居然要用這種方式跟紅衣小女孩面對面。

「萬一妳慘叫得太過頭，我用打的都會把妳打醒。」他低語。

「嗯。」她拿出手機，「你的三腳貓言靈如果有效，我就沒有慘叫的機會。」

「最好這麼容易。」他笑著。

馮千靜調整呼吸與心跳，舉起手機望著螢幕裡倒映著的自己，現在在路中央，沒有任何倒映的東西輔助她進入惡夢。

向後躺下，她闔上了雙眼。

沒人敢吭聲，氣氛陷入一片寂靜，毛穎德蹲踞在馮千靜身邊待命，其他人站在上方望著平躺在路上的身影，全身都在打顫。

「睡著了。」不到幾秒，毛穎德輕聲說著。

因爲馮千靜的眼球已經快速轉動，進入了眼動期。

「嗯。」夏玄允點點頭，身後突然有人影掠過他往前走去，「喂！別亂走啊！」

才回身，就看見林詩倪雙眼無神的朝下走去，夏玄允還沒反應過來，身旁的黃宏亮竟一翻白眼就倒了下去！

他睡著了！

「毛毛！」夏玄允趕緊攙住黃宏亮，就怕他往前倒下，直接掉到下面的路段，好歹有一兩公尺高的落差啊！

餘音未落，大角學長竟然往後咚的也倒下了！

毛穎德只好離開馮千靜身邊，衝向朝著這兒筆直走來的林詩倪，攔住她的去向！

「站住！」他抵住她的雙肩，林詩倪面無表情的站著，與之抗力。「不要這樣！妳讓誰當紅衣小女孩都救不了妳或是弟弟！」

林詩倪的動作忽然停了，她緩緩抬起頭，與毛穎德交會的雙眼裡沒有黑色眼球，是徹底的白色眼球。

毛穎德嚇得幾乎要鬆手，但是他明白一旦鬆開，林詩倪就會站到馬路上去……馬路上？

他急忙的回首，望著數十公尺外的機車行鐵門上，竟然有隱約黃色燈光——有車子上來了！

叭叭——

夢境總是不知道何時開始的，也永遠不會記得自己是怎麼來到這兒的。

馮千靜坐起身，雙手微微濕濡，腦子混沌的看著眼前黑暗的馬路與雙黃線，環顧四周，她躺在青山路上。

跌倒了嗎？她皺眉，向左後方看去，是髮夾彎哪……附近沒有車輛，只有她一個人，是怎麼到這兒的？爲什麼躺在地上？

糟糕，她覺得自己好像忘記很重要的事……下意識撫上前額，卻赫見緊握在右手掌心裡的東西——啊啊！

她雙眼倏而一亮，她進入夢境了！

總算想起來了，她看著自己躺在柏油路上，一模一樣的位子，看來她選得眞對，暗暗握了握左袖，眞好，短棍一起也在夢中了。

不過，她原地繞了一圈，威脅居然還沒開始！

空曠的路上只有她一個人，她往前走了幾步，眼尾下意識留意著路旁邊坡的陡坡樹林，一路往前都快走到機車行了依然沒有動靜，照理說現在紅衣小女孩應該從後面狂奔追上她吧？

在機車行前立定向後轉，沒人？馮千靜難掩失望。

「嘿！我都來了妳幹嘛躲？」她扯開嗓子開始往回走。路上依然死寂，她眞希望做夢可以把毛穎德、夏玄允或是大家都夢進來，這樣也比較有力道，夢不是可以隨心所欲嗎？雖然這似乎是紅衣小女孩的天下。

折返後經過了自己剛剛躺著的地方，甚至續往左上方都要彎上了，她就站在髮夾彎那斜坡上，再往上走就要到學校側門了，怎麼還是沒有反應呢？

她自然不可能走去學校，這就失去了來會會紅衣小女孩的初衷，馮千靜旋過腳跟，重新往下想走回剛剛的位子，不經意朝髮夾彎的大彎角落望去，那兒上頭就是籃球場，下頭的彎道與石壁便是羅佳茹身亡的地方。

這條路上，承載了多少鮮血與生命？

三點鐘方向有個道路反射鏡，許多彎路都會有的，方便讓駕駛看見對向來車，馮千靜站在鏡前望著自己，忽然發現在她的身後沒有期待中的紅衣小女孩，卻多了許多……令人咋舌的東西！

她回過身望著剛剛還躺著的地方，曾幾何時路面竟然凌亂不堪！

血肉模糊的斷肢殘臂到處都是，有內臟、有肉塊，還有撞毀的機車碎片與廢鐵，包包裡的東西到處都是，鮮血染紅了馬路，屍塊與殘骸雜物幾乎鋪滿了眼前的柏油路！

「天哪……」馮千靜不相信自己的眼睛，朝下才走一步，就踩到了什麼！

她驚恐的縮腳，剛剛被她踩碎的是已經解體的鉛筆盒，很久很久以前的樣式，一旁還有壓扁的安全帽，也是現在很少看見的款式，只怕是許久之前的意外現場。

她留意著腳下，路上根本沒幾處淨地供她跳踏，可是她看見了……看見靠近機車行的對向車道上那幾乎成廢鐵的機車，兩個男孩子身體撕裂的躺在地上，那是彭宏達與游嘉祥！

還有近在眼前躺在地上的紅色洋裝女孩，吳佩倫身體扭曲的躺著，左手一如在小貨車下時擺放的狀況，她的前額骨已經被削去了，躺在血泊當中……在她腳的下方，疊著另外兩個人，慘狀不忍卒睹，自是曹江瑞與徐貽潔。

還有許多她沒見過的人們，散落在這事故頻仍的青山路上！

才被滿地屍塊分神，這才突然看見有人影在前，馮千靜警覺的抬首，青山路上居然默默的站立了熟悉的人影。

睡前還在的林詩倪，竟無神的站在那兒，而不遠處有兩個人在奔跑……是大角學長跟黃宏亮！然後更遠的雙黃線上，站著她再熟悉不過的人！

「郭岳洋！」馮千靜扯開嗓子，不顧一切的往前奔去。

管她腳下是什麼，這一切都是夢不是嗎！踩到也沒辦法，大不了說聲抱歉了！

「林詩倪妳閃旁邊一點，上去！」她扯過林詩倪的手往另一邊拖去，可她八風吹不動，馮千靜不耗費氣力，直接朝郭岳洋奔去。

郭岳洋是有意識的，他看著她搖頭，拼命的搖著手，制止她往前！

「搞什麼啊！你在這裡做什麼？」馮千靜氣急敗壞的嚷著，「要醒就乾脆一點，不要讓大家擔心！還是誰制住你了？」

郭岳洋立即點頭如搗蒜，皺起的眉盈滿恐懼與哀傷，卻不發一語……然後，回首瞟去。

瞟？看什麼？馮千靜順著那方向朝他身後看去，他後面哪能有什麼？就是機車行、下一個彎道，還有……彎道上的道路反射鏡。

圓鏡裡映著她，以及紅衣小女孩。

來了！馮千靜當下倒抽一口氣，還沒來得及反應，紅衣小女孩就已經朝她衝過來了！

她立即回身，紅衣小女孩近在眼前，一雙腐爛中的手即刻抓住她的右腕，二話不說照舊往前拉！

「慢！」馮千靜即刻抵擋，反手握住紅衣小女孩的手腕，「妳可以不要這麼急嗎？」

紅衣小女孩瞬間被往回扯，馮千靜愣了一秒，她的力道可以反制紅衣小女孩了？真的假的……三腳貓言靈真有效耶！

不過紅衣小女孩沒有遲疑太久，它立即更使勁的將馮千靜往前拖，馮千靜這次完全不打算反抗，她發現大家被撕扯手臂或受傷都源自過度的反抗，只要依著紅衣小女孩，不讓自己跟紅衣小女孩之間有太長的距離，避免任何撕扯。

「妳在追誰？」馮千靜發現自己再如何跑也追不上紅衣小女孩的速度，「放開他！放開誰啊？」

餘音未落，紅衣小女孩軋然止步，她狀似驚訝的回過頭，彷彿對馮千靜剛剛的嘶喊感到驚訝。

下一秒，她舉起左手，指向了前方。

「我不懂！有誰被抓走了，妳弟弟嗎？他在哪裡？誰抓走他的？」馮千靜跟紅衣小女孩根本難以溝通，一個拼命問，另一個不發一語。

所以幾秒後，紅衣小女孩再度拽過馮千靜，粗暴的又要往前拖行！

「夠了！」她瞬間瓦解紅衣小女孩的抓握，向後退了開。

紅衣小女孩沒有遲疑的回身再度要抓住她的手，馮千靜做了個深呼吸，看那雙腐爛中的手趨前，她反手一握，借力使力的把紅衣小女孩往左手邊的對向車道甩了過去！

紅衣小女孩被拋飛出去，橫過對向車道，直接撞擊水泥壁。

「哇喔！」馮千靜望著自己的手，露出喜不自勝的笑容，「言靈果然有效！」

她只是要毛穎德對著她說：**妳在夢中是無敵的**！

紅衣小女孩撞上山壁後沒有任何跌踣，而是眨眼前立定就朝馮千靜衝過來，訓練有素的她早有防備，見紅衣小女孩撲來即刻閃躲，卻沒忘扯住它的帽兜，用力一扯——

「林詩倪？」帽兜下不是腐爛比薩臉，而是還活著的女孩。

林詩倪沒有反應，她呆愣的任馮千靜扣住，然後幽幽的越過她肩頭，歪了頭，車聲陡然傳至！

車子？馮千靜驚愕的回首，居然看見有一輛車憑空從髮夾彎處衝下，速度之快根本令人措手不及，一轉眼就來到眼前了！

倪！

「哇——」馮千靜忍不住驚叫，但是車子卻是撞飛了只比她斜一點點的林詩倪！

林詩倪整個人被車子撞飛，馮千靜無法看仔細她是被撞出去還是捲進輪下，只知道那台車停了下來，駕駛匆匆忙忙的下車察看。

「可惡！」馮千靜大吼著想往前，卻發現自己動彈不得！

有人握著她的腳……她低首看去，路上許多斷肢竟然緊緊拖住她的腳，不讓她往前！

「幹什麼你們，放開！放手讓我去看看那傢伙是誰！」她應該要是無敵的啊！搞什麼東西！

這麼一閃神，忽然聽見甩車門的聲響，她不明白速度爲什麼會這麼快……因爲是夢裡嗎？什麼都能跳躍？她眼睜睜看著車子開走，地上卻沒有任何林詩倪的身影……她的身子突然往前倒，這才發現腳踝上的手消失了。

等……等等！馮千靜不可思議的往前跑，看著車子剛剛停下的地方，有一大片的血跡，有著……林詩倪衣服的破片，她的鞋子，人呢？

她倏地正首看著紅色的車尾燈，她懂了！她終於明白了！馮千靜邁開步伐，拔腿狂奔，朝那台綠色房車追了過去。

轟！天空雷鳴大作，數秒之內豆大雨點傾洩而下，馮千靜拼命追著那台轎車，卻無論如何都追不上，混帳傢伙把林詩倪帶上車嗎？比起大人，把年幼的孩子抱上車更是輕而易舉對不對？

正當極力衝刺之際，她的手忽被強大的力量扯住，緊接著轉了一百八十度向後甩去，整個人狼狽的在路上滾了一圈！

「啊！」這一拉一拽，她的右手是沒被扯掉，但是卻拉傷兼摔傷了！「幹嘛!?」

她痛得在地上護著右手，赫見不知何時出現的紅衣小女孩，飛快的抽出左袖裡的短棍，迅速的踉蹌站起。

短棍向著紅衣小女孩，對方卻只是急速逼近，雙臂打直，狠狠的將她往後推——後面？她現在的位子，後面就是那陡坡密林啊！

第十一章

追根究底

電光石火間，她及時扣住紅衣小女孩那滑爛的手，止住了自己被推出去的頹勢，開什麼玩笑，這樣摔出去她又是不死也半條命，下頭根本滿滿的都是石頭啊！

紅衣小女孩俐落的抽回手，此時馮千靜馬步蹲低降低重心，再往前重新抓住她的手腕，右手的短棍二話不說就從側臉揮了過去！

紅衣小女孩依然以迅雷不及掩耳的速度，伸手擋住短棍的攻勢，只是這一次有肉咖言靈加持，那隻爛手原本或許能輕易的包握住短棍，但現在手指骨卻是被砸了個粉碎！

「要摔妳自己摔摔看，莫名其妙！」馮千靜伴隨著大吼，以自己爲圓心，緊抓住紅衣小女孩就朝林子陡坡裡甩去！

那種痛得要死又醒不來的夢，總該換人做做看吧！

『**嘎**——』

紅衣小女孩終於發出嘶吼聲，但不愧是都市傳說，它被拋進樹林裡後一秒消失，在馮千靜錯愕之際，瞬間又從她右手邊出現了！

「妳這犯規吧！裁判！」馮千靜大喝一聲根本措手不及，紅衣小女孩怒不可遏的再度將她往下推去，只是這一次不再客氣，那雙見骨的手從她的肩膀下方刺

了進去！「哇啊啊——」

再無敵也一樣，馮千靜眞的被推了下去，不過密林甚多，她及時利用就近的樹當緩衝止住，短棍架在樹幹上，只往下滑了兩三步……腳下就已踩著尖石了。

痛……撞擊得身上隱隱作痛，無敵了還這麼難纏，眞不愧是紅衣小女孩。

紅衣小女孩站在柏油路上，馮千靜倚在陡坡的樹幹上，兩個人距離不過兩公尺遠的對望著，意外的馮千靜可以感受到紅衣小女孩的怒火，她眞搞不懂，一直在受傷的是她耶！紅衣小女孩有什麼好生氣的？

雨突然下得更大了，馮千靜凍得發抖，眼界變得模糊，這該不會是耍賤招吧？看著紅衣小女孩再度逼近，一副彷彿眞的要把她推下去的模樣，她開始質疑毛穎德的言靈會不會失效了？

……對，夏天！在紅衣小女孩出手的瞬間，馮千靜把臨睡前夏天扔給她的東西遞上！

小小的玩具車映在紅衣小女孩的臉前，它的動作軋然停止，連那殺氣也瞬間消失，她縮回著手接過了玩具車，陷入一種異樣的平和。

眞有夏玄允的，他只聽說她看見紅衣小女孩拿著警車，他就去買了台警車，連樣子都沒問。

帽兜下的臉微抬，雨勢驟減，帶著皮屑的食指骨指向了馮千靜的身後。

會不會她一回頭就被推下去啊？馮千靜擰著眉側首，卻聽見了哭聲。

『**嗚……嗚嗚……**』低泣聲重疊著，馮千靜抵著樹幹回頭，在昏黑的林子地上，看見了不可思議的畫面。

土裡埋著一個又一個的人，有曹江瑞、徐貽潔、羅佳茹、吳佩倫，甚至是郭岳洋的兩個同學，依序都被土埋到胸下，只剩下手在空中抓取求救……放眼望去許多人都在哀鳴，而最近身故的離她越近。

昏暗的視線讓她瞧不清楚，但是不知爲什麼，她卻看得見在最下方……那幾乎看不見的遠處，有個掩面哭泣的身影如此熟悉。

「郭岳洋……郭岳洋？」馮千靜驚愕的回身看向紅衣小女孩，「他還沒有死啊！他在那邊做什麼？妳對他們做了什麼？」

只見紅衣小女孩緩緩的舉高自己的右手，攤平的掌骨上，放著那曾在電梯裡出現的——陳舊的警車。

什麼意思？她不解的搖頭，「不能白話點嗎？這些人不就是妳害死的嗎？郭岳洋根本還沒死，妳把他困在那裡是爲了——」

餘音未落，紅衣小女孩倏地一伸手，將斜倚在樹上的她推下去！

哇啊啊——馮千靜什麼都來不及，她從樹木間的縫隙一路往下，砰磅的撞擊在某棵樹上，耳邊充斥依然是不絕於耳的哭聲，她因爲反彈力向後倒去，再度倒在土裡尖石上，痛得她慘叫，接著卻止不住的一路往下滑。

痛死了！好痛好痛！短棍早已離手，她連拿它扣住地面的機會都沒有，整個身體一路在尖石與樹根裡下滑……她無法估算究竟還要滑行多久才會到平地，好痛！她沒有慘叫嗎？爲什麼沒有叫醒她？

「毛穎德！毛穎德——」馮千靜大聲尖叫著，她的衣服跟皮膚全部都被割開了！

啪！一隻手倏地握住了她的手，刹那間拉住了她。

咦……她喘著氣，臉上已經分辨不清是淚水還是雨水，顫抖著向左上抬頭，看見自己被郭岳洋緊緊握住。

「郭……」視線被雨水遮得模糊，她用盡力氣反握住他的手。

郭岳洋輕輕笑著，卻自額上開始流下了鮮紅的血，頸子間的裂口重現，鮮血如注，馮千靜看著他鎖骨以下竟都埋在土裡，只剩下右手手腕伸出，而就是用那僅存的右手握住她！

她眼睜睜看著血流滿面的他，這是怎麼回事，爲什麼……啪！

火辣一巴掌擊在臉頰上，馮千靜立即彈坐而起，伴隨著忿怒與痛苦的大吼，「啊啊啊啊啊——」

馮千靜坐起的瞬間，數公尺外一個身影頹然倒下，夏玄允急忙由後架住對方，兩個人雙雙跌落在地！

「馮千靜！」下巴被箝住強硬扭轉向左，毛穎德的臉塞到她眼前，「清醒了沒？」

眨了眨眼，她痛苦的皺起眉緊閉上雙眼，「閉嘴別吵……」

頭好痛、身體也好痛，她望著被大衣裹得妥當的雙手，內心依然殘留著強烈的悲傷與疼痛，她覺得身上每一吋肌膚都隱隱作痛，還有……她的手。

張開右掌心，夏玄允給她的玩具車已經被她的握力捏至扭曲破裂，碎片刺進掌心裡，紅血正微微滲出。

毛穎德輕輕的扳開她的掌心，把警車拿起來，隨便從口袋拿出揉得亂七八糟的衛生紙往她傷口壓去。

「你這乾淨不乾淨啊？」她挑眉。

「這時候不要計較這個了！清醒了吼？」他確定她沒事後即刻放下她，往夏玄允那邊去幫忙把暈倒的林詩倪拉起。

呼……馮千靜衣服已經被冷汗浸濕，她這才開始環顧四周，不明白林詩倪爲什麼會倒在夏天身上，還站在她前方？回首往上頭看去，黃宏亮他們正緩緩坐起，看起來還是混沌一片，而且……多了一個人？

「冷靜點，做夢！冥夢啦！」光頭王安撫著黃宏亮他們，不停的擦汗。

「光頭王怎麼在這裡？」馮千靜邊問邊站起身，赫見對向車道靠邊停了台機車。

「他才做完筆錄，要回店裡巡一下，一上來就看見我們在這裡。」毛穎德把林詩倪半拖半拉的拉到水泥壁下，「多虧他回來，幫了我們不少忙。」

「嗯嗯……看來發生了不少事啊！」馮千靜望著抱頭的黃宏亮他們，正劇烈喘著氣，「他們睡著了對吧？看起來很難受。」

「厚，妳不知道妳一睡著，黃宏亮他們就立即倒下去了，林詩倪直接走到路上站著，怎麼叫都叫不聽，還翻白眼給我看想嚇誰！」夏玄允好不容易站起，一股腦兒的抱怨著，「剛好光頭王回來，他騎上來前我們只看到車燈，嚇都嚇死了。」

馮千靜點點頭，望向身邊的陡坡，夢境太清晰了，她知道該做些什麼！

「妳是怎麼了？叫得淒厲不說，還喊我的名字！」毛穎德把林詩倪扔在地上，趕緊走了過來，「跟它打有贏嗎？」

「勉強算和局吧，至少沒被撕掉手臂……」她邊說，一邊站到柏油路的邊邊去，望著黑暗看不見底的陡坡，「我要下去一趟！」

「下去？」夏玄允愣愣的問著，打開手電筒朝著密林照去。

電光石火間，數抹影子在光線下逃竄，分不清是動物還是……住在這兒不想被打擾的「居民」，但夏玄允橫豎是僵住了，毛穎德看得比他清楚，緩緩伸出左手，爲他關上手電筒。

「有禮貌一點。」他低喃著。

「同學……啊妳是那天在這邊差點摔車的女生嘛！」光頭王走了過來，「妳怎麼睡在馬路上啦？太危險了！」

「嗯……」馮千靜沒什麼在聽，只是點點頭。

「你們也眞是的，讓一個女孩這樣睡在馬路上！你們到底在幹嘛啊？」光頭王困惑極了，「最近這裡出很多事，毛毛的啊，你們都不怕的喔？」

怕？怕是解決不了事情的啦！馮千靜原本要這麼說，一回身看見光頭王怔了幾秒，突然低下頭還往毛穎德身邊靠去，「很可怕啊，我超怕的，可是、可是大家都在……」

喂……喂喂喂！毛穎德一雙眼珠子都要掉下來了，她現在拉著他的手是哪招啊！剛剛她不是才無敵的ＰＫ紅衣小女孩！

「唉，你看看你看看！你們男生要體貼啦！」光頭王趕緊上前安慰她，「不要怕！人多沒事！沒事！」

「那個……光頭王你有帶店裡鑰匙嗎？」馮千靜靦腆的小聲說道，「我們需要你的幫忙……你店裡有沒有什麼工具，像鏟子啦……」

光頭王有聽沒有懂，「蝦米？我有帶鑰匙啊，我就回來巡店的啊，啊妳說妳要什麼？」

「我想借點工具，先拜託你幫忙，先開店啦！」馮千靜邊催促著，餘音未落，雷聲大作，雨水又開始滴落了，「啊……又要下雨了！躲雨，借我們躲雨！」

「啊？」光頭王原本遲疑，想著這些學生不會回家就好喔？可是雨根本太大，「好好！快！先到我店裡躲雨再說！」

光頭王趕緊跑向自己機車，牽了車就往機車行衝去。

毛穎德見狀況不妙，伸手拉住也要追上前的馮千靜，「喂，到底怎麼回事？」

「紅衣小女孩是在找人幫忙，它只是不懂得怎麼做而已……當年眞的是肇事逃逸，它追著車子跑是因爲肇事者把弟弟搬上車了！」馮千靜飛快的說著，「它一直要我下去，我當然得下去看看！」

「不要冒險，等警察來再說吧！」毛穎德點點頭，不安的朝林子裡望去，有雙眼睛仍舊在看著他，雞皮疙瘩都竄起了。

「討論什麼啦，先把大家帶進機車行，雨越下越大了！」夏玄允用力擊了他們的背，帽兜都遮起來了，「黃宏亮，你們醒了沒？能不能走？」

他們趕緊去攙扶同學，黃宏亮他們做了可怕的惡夢，不停的在青山路上被追被撞，驚恐的害怕自己醒不來，這次還夢到被埋在土裡。

馮千靜心裡暗忖，看來大家在同一個夢裡啊！只是角度不同，因爲她眞的看見他們在路上奔跑，又看見他們在土裡哭泣掙扎著求救。

無意識的林詩倪被兩個男生分別扶起，雨已經大到外套都濕了，所幸羽絨外套還有點防水功能，一行人衝進光頭王的機車行，光頭王手忙腳亂的拿塑膠凳給他們坐。

機車行不大，零件卻超多，能擠個小空間已經不錯了，不過光頭王長年在此，大小東西都有，有幾條他保證洗乾淨只是看起來灰灰的抹布，先給大家擦乾

用。

馮千靜把毛巾讓給林詩倪跟黃宏亮他們，他們被淋到得比較多。

「光頭王，你有鏟子什麼的嗎？還是長的鐵棒？」

「馮千靜！」毛穎德不可思議的嚷著，「不是說先報警的嗎！」

「報警？怎麼了要報什麼？」光頭王丈二金剛摸不著頭腦。

馮千靜堅定的看向光頭王，「請您說有命案，請他們帶挖土的工具上來，還有照明。」

「命案？」光頭王傻了。

「喂喂喂，等等！小靜妳先緩點！」夏玄允趕忙阻止，「沒頭沒腦的，妳怎麼報案？要確定啊！」

沒有人知道她到底看到了什麼，就算有——也是夢啊！

「確定！不然紅衣小女孩爲什麼站那兒？當年那個弟弟被肇事者帶走了！姊姊在後面追著，她就是紅衣小女孩！」馮千靜激動喊著，氣急敗壞，「然後，不知道被誰埋在下面了！」

什麼！在場所有同學、光頭王跟毛穎德他們都傻了，個個瞪圓雙眼，不敢相信自己聽見的。

「我、我夢見我被埋在土裡啊！」黃宏亮立刻說著，「我眞的被埋在那裡，拼命掙扎都沒有用！」

「我也是！」大角驚恐的附和，「我明明看到有人，但那個人不是紅衣小女孩，大聲求救都沒用！伸出手他就用鏟子把我的手鏟斷！」

毛穎德擰起眉，夏玄允說這太誇張，質疑著是否要衝動報案，馮千靜激動的要搶話筒自己打電話，光頭王連忙安撫，現場吵成一團。

紅色的身影在大雨間逐漸現身，站在每個人都熟悉的地方，面向門口的毛穎德感到一瞬間的心悸，下意識朝外看；紅衣小女孩遠遠的望著他們，伸直著右手指向陡坡。

「……報警吧。」他輕輕的說著，「光頭王，照馮千靜說的，先報再說。」

馮千靜有些詫異的看向他，留意到他的眼神，跟著回首也看見了紅衣小女孩。

「我想先下去！」她堅定的說著，「只有我知道在哪裡。」

「妳知道？」夏玄允瞠目結舌，「小靜，妳是看到什麼了？」

「我被紅衣小女孩往下推，一直在土壤跟石頭上刮，我痛得想快點醒才喊毛穎德的名字……」她眼眸低垂，「在千鈞一髮的時候，有隻手抓住了我。」

誰!?眾人屏息，大家都想知道這個答案。

「郭岳洋。」她看向夏玄允，「他哭得很悲傷很無助，然後某人打了我一巴掌我就醒了。」

咳！毛穎德尷尬的賠著笑，「啊妳都呼喚我了啊！」

光頭王掛下電話，回身到後面翻箱倒篋，金屬碰撞聲不斷，不一會兒還眞拿出了鏟子，甚至不只一把！

「機車行也備這個啊！」大角愕然。

「啊我旁邊跟後面的地都荒地啊，我有時要鏟東西、有時要割草！」光頭王邊說邊把鏟子擱在一旁，「啊你們說的那個失蹤案我當年有幫阿芬媽找，這把生鏽的鏟子還是那時候買的咧！」

「你們找過那個陡坡？」

「找過，怎麼沒有，警察很多人都幫忙找！」光頭王又進去搬了兩個小土鏟出來，「問題是都找不到啊！同學妳怎麼會認爲那裡有什麼？」

「就是有。」馮千靜上前，挑了把鏟子就要走。

「欸欸，那是我幫警察準備的捏！」光頭王嚇得回首，想拿回來。

「我要先下去一趟！」她異常堅持，「警察來的時候再跟他們說往下找！」

叭——叭叭——急促的喇叭聲突然響起，所有人驚愕的往外看，有車子從山上下來，彎過髮夾彎直駛而來，只是來的不是警車，因爲警察應該是從山下上來的。

一藍一銀兩台轎車分別停下，車門一開，馮千靜跟毛穎德不約而同的瞪向夏玄允。

「你又發文？」這句怒吼異口同聲。

從車上下來的，竟是他們的導師，張家義與陳奕齊。

兩個導師冒雨衝了進來，身穿著T恤，看起來出門得相當匆促。

「你們在幹什麼？三更半夜還在這裡？睡在馬路上？」張家義劈頭就大罵，「今天一整天還沒折騰夠嗎？現在又想幹嘛……馮千靜，妳爲什麼拿著鏟子？」

「你不是我導師。」馮千靜懶得理他，掠過乾脆的往前。

陳奕齊一步上前，無奈的擋住她，「馮千靜……不要把事情弄糟好嗎？我們當老師的也有壓力，今天已經被叫去唸了一頓，你們要是再出什麼意外……」

「不趕快結束，意外不會停止的，明天說不定我跟他們都會出事。」馮千靜

直指黃宏亮他們，大家臉色瞬間蒼白，嗚，馮千靜可以不要這麼直接嗎？「到時候就更多條人命了！」

導師們完全無法接受，他們只知道要保護學生的安全，都市傳說的社團半夜貼了張馮千靜躺在青山路、馬路正中央的照片，嚇得他們魂飛魄散！

「到底在說什麼？妳要去哪裡？」陳奕齊繼續阻擋。

「我要去挖屍體！路邊的陡坡裡埋有屍體！」馮千靜振振有詞。

「夠了沒啊！你們這群大學生是吃飽沒事做嗎！無緣無故說有屍體！就算有，妳也要有證據再報警啊！」張家義忍無可忍，「我們被你們這幾個學生弄得多狼狽，妳要是再把事情弄大，倒楣的永遠是老師不是學生！」

啊啊，他們理解，立場不同所以看事情的角度不同，處理事情的角度也不同。

尤其他們才大一，不管出什麼事，就算是自己惹了禍，學校、家長、媒體，也會盡全力的置老師們於死地。

但是，很抱歉，這無法阻止她，因為這事關性命啊！

「大家不要吵架，不要吵架。」夏玄允趕緊賠笑臉圓場，「老師先不要緊張，有什麼事我們會負責！」

「負責個頭，你以爲你口頭說說就算了嗎！我們考上老師也是費了很多工夫，卻能輕易的被你們毀掉！」張家義簡直怒不可遏，「馮千靜，不許妳出去，妳在這裡待著！」

馮千靜回首，銳利的眸子看著張家義，這件事誰都沒錯，只是堅持自己的立場罷了。

「我不喜歡被阻止。」她淡淡的拋出一句話，眼神落在自己被陳奕齊握著的手腕上，「放開。」

陳奕齊錯愕的望著她帶著殺氣的眼神，他從來不知道，那個「內向」的馮千靜，居然會有這種眼神。

毛穎德趕緊上前拉開導師，爲了他好，眞的放開比較好……咳！

陳奕齊一鬆手，馮千靜立刻衝進雨裡，往夢裡熟悉的地方奔去，張家義驚異非常，不可思議的看著她的導師！

「陳老師，你在幹嘛？」張家義氣急敗壞，「不許她去啊！」

「別這麼大聲……她是我班上的，有事情也輪不到你負責啦！」陳奕齊話裡帶著無奈。

「可是……」

「我去我去！我去幫她！」光頭王抓著頂硬殼帽，抓起鏟子也衝了出去，「拜託賣夠吵啊啦！」

眼看著另一個身影也衝進雨裡，張家義依然滿臉怒容，他直說爲什麼大家不能互相體諒，黃宏亮忍無可忍的也站起來跟他爭執，這片聲浪中，林詩倪幽幽轉醒，完全不知道發生了什麼事。

大角安撫她的情緒，怕她突然嚇到，毛穎德跟導師還有黃宏亮正在吵架，黃宏亮嗓門之大，只怕山頭都聽見了。

有別於這邊的激動，夏玄允卻是掛著笑容，站在一旁看著面紅耳赤的大家。

「老師，明知道可能有命案，你還是這麼堅持不想讓小靜去喔！」他忽然打斷他們的話語，「爲什麼呢？」

咦？這個瞬間，毛穎德回首望向夏玄允——這口氣他熟得很，每次夏天耍心機時，就是這種態度、這種笑容跟表情！

「什麼爲什麼？因爲你們在胡鬧！」張家義氣忿的說，「還把我們拖下水……陳老師你也是，就這麼任由學生胡來！」

陳奕齊望著他，很無奈的嘆口氣，默默的走到牆邊拿起最後一把鏟子，什麼都不再說的也走進了雨裡，那背影彷彿在說：既是我學生，那我陪到底行了吧？

「老師！」毛穎德有點錯愕，事情怎麼會變成這樣，只是才趨前，夏玄允卻默默的拉住他。

「反正小靜有人陪了。」他輕聲說著。

馮千靜回頭，是在吵什麼啦這麼大聲？連雨聲都蓋得過去，看見光頭王奔來，她有些意外。

「你來幹嘛？」她大聲喊著。

「唉，妳的老師們吵不停啦，說不應該讓妳來……啊我來陪妳不就好了！」光頭王搖搖頭，「妳聽，還在吵！」

「謝了。」馮千靜仔細找著該下去的地點，夢境裡應該是這裡？還是再往前？

柏油路都長得一樣，樹也都差不多，而且她每次都是被紅衣小女孩推或甩出去的，都沒有時間觀察仔細啊！

「同學，怎麼樣？太危險了厚！」光頭王在旁邊喊著，「下大雨裡面很滑的，坡又這麼陡！」

「我只是忘記從哪邊下去比較快！」她專注的打量著，拿出手機打開手電筒往林間照去，「開燈了喔！」

她的大喝讓光頭王覺得莫名奇妙，但是燈一亮，鮮紅的洋裝就落在遠遠的下方——那裡！

馮千靜收起手機，即刻往下而去。

「啊啊，小心小心，扶著樹啊！」光頭王焦急的嚷著，這女生真是有夠行動派的！

土超滑！馮千靜踩下第一腳時在心裡咕噥著，她扶著樹小心的往下滑行，這裡根本不能走吧？所幸土裡石頭很多，方能製造一種阻力，她便用鞋尖抵著石頭，一邊扶著樹、用鏟子當拐杖往下滑！

紅衣小女孩在下面等她啊，還有好長一段距離，如果用滾的不會痛的話，她多想一路滾下去！

「同學小心啊！」光頭王跟在後面，不停嚷著。

「馮千靜！」上頭突然傳來導師的聲音，她錯愕的定住，「看到妳了，走慢一點！」

「老師?你怎麼也來了……小心!不要走我後面!」她大喊著，「大家都要錯開，免得你們滑下來連我一起STRIKE！」

陳奕齊聞言趕緊往旁邊閃一點，光頭王亦然，大家都避免在一直線上，一步步往下走。淋著雨的馮千靜此時完全都不感到冷，她只是看著這似曾相識的場景，跟夢裡一模一樣。

眼前看見的石子黑影，在夢裡是一張張痛苦的臉，每個撞見紅衣小女孩的同學、每個已經意外身故的同學們，全都在這裡掙扎著。

「哇啊！」身後傳來驚呼聲，馮千靜扶著樹幹回首，是導師又滑了好幾步，一臉驚駭莫名，「沒事、沒沒沒事！」

「小心點啊！」光頭王唉唷的說著，「慢點慢點，警察應該快來了，不要急啊！」

她怎麼不急？郭岳洋在最下面，她知道那不是真正的郭岳洋，因爲剛剛在她醒來前，看清楚夢裡握住她的那隻手……很小很小。

是孩子的手。

「你在搞什麼？」

趁著無人注意，毛穎德拉過了夏玄允就問。

「沒有啊！哪有什麼！我很期待小靜能不能找到呢！」夏玄允認眞的睜亮那無害的眼神，「我正在研究，我們如果給紅衣小女孩它想要的，它就不會再作祟嗎？」

「什麼紅衣小女孩！還在講！」張家義一聽見又不悅。

毛穎德不作聲，只是看看導師、看看夏玄允，他剛剛看過社團臉書，開始認爲夏天是故意在社團上貼進度的，公告所有人他們在哪兒、在做什麼……在吸引什麼人嗎？

他總是這樣，看似漫不經心，其實卻想得很多，連玩具警車都能買來，就不知道剛剛對馮千靜是否有實質的幫助了。

擔心的站到門口，他很遲疑需不需要過去幫忙，大雨傾盆，紅衣小女孩的身影雖然不在了，但是雨勢這麼大，有必要急於一時，走向那密林陡坡嗎？唉，眞是個沒耐性的女人！

看著路上早無人影，土壤加上陡坡應該很滑，毛穎德憂心忡忡的望著，後頭細語不斷，大家安撫著林詩倪，告訴她在她昏迷時發生的事。

「所以我們報警了嗎？」林詩倪聽完只是更害怕，「讓他們這樣去找好嗎？

這麼黑、雨又這麼大……至少、至少我們拿手電筒去幫他們照明？」

「對啊，他們不可能邊照明邊走的！」大角學長即刻起身，「我過去好了！」

「都不要動！」張家義不耐煩的喊著，「大家乖乖待在這裡，警方就快到了，到了之後警察自然會處理！」

毛穎德瞥了張家義一眼，眞不知道他是怕事？自保？還是眞的想保護他們？無奈嘆口氣，夏玄允居然還悠哉自在的在機車行閒晃，但是他不與人交談，毛穎德感覺得出來他正在盤算什麼。

不過林詩倪提醒件事，警方也太慢了吧！毛穎德四周張望，在桌邊看到大支的雨傘，想先出去看看，也順便幫馮千靜他們照明好了。

走近機車行滿是雜物的桌邊，他抓過了旁邊的大傘。

「這裡眞是有夠亂的。」夏玄允的聲音幽幽傳來，他正站在桌前，望著滿牆貼著的訂購單，「釘成這樣也知道誰要修什麼、誰要取貨……生意眞好。」

毛穎德緩緩站起身，順著夏玄允說的往左邊牆看去，滿牆的便利貼跟訂購單，修車的、換機油的，還有什麼零件購買。

「光頭王很有名啊，我們修車也都來他這裡！」林詩倪說著，學生間早已傳

開，價格公道、信用良好又不會黑心。

在一堆單據的旁邊，掛著光頭王的鑰匙，一大串鑰匙叮叮咚咚，看來除了店門鑰匙外，車子跟家裡鑰匙全繫在一起了，而且很難得看到一個中年爸爸用這麼多鑰匙吊飾，毛穎德伸長手撥動著。

各種娃娃、屋子模型、護身符、旅行紀念物、還有——喝！

影像強力的侵入他的大腦，徹頭徹尾的紅，他顫了身子向後踉蹌，夏玄允見狀立刻衝到他身後去擋住！

紅光閃爍，毛穎德只覺得頭痛。

「毛毛你沒事吧？」

「毛穎德你怎麼了？」張家義也趕緊上前！

毛穎德甩甩頭，他嚴肅的皺著眉，視線仍舊落在那串鑰匙上，直起身子默默的再度撥開眾多吊飾，直到一台陳舊的，玩具警車。

他確定他見過，在電梯裡……紅衣小女孩的手上見過。

「毛毛？」夏玄允難得扳起臉孔，「那台該不會是……」

毛穎德深吸了一口氣，鼓起勇氣再度握住——紅衣小女孩站在馬路上，他就站在它的身邊，它望著機車行，機車行裡……是郭岳洋！郭岳洋站在那兒，他來

修機車！

『我想要訂那種雷射車燈，老闆你們有嗎？』

『啊啊，現在缺貨耶，要不要我幫你訂？貨到時你再過來我幫你裝！』

『好哇，麻煩你了！』

『好好，寫單子單子……啊我單子用完了你等一下喔！』光頭王回身，向右轉進屋子另一側找本子。

郭岳洋站在凌亂的桌前，瞥見掛在一旁的鑰匙，走近桌邊輕笑著撥動著鑰匙吊飾，一個接一個，然後他碰到了玩具警車——剎那間，他頭暈目眩的向後踉蹌，整個人不穩的朝地上倒去！

『咦！同學你怎麼了？』光頭王步出，就看見郭岳洋緊攀著桌緣，人跪在地上！

『沒什麼，我有點頭暈……』郭岳洋吃力的站起，雙手還在發抖。

毛穎德說不出話，卻眼睜睜看著紅衣小女孩突然抬起頭，倏地就往前衝了過去，衝向……啊！

「毛毛！」夏玄允將他的手扯掉，「放手！」

不需要任何運動或是奔跑，毛穎德胸膛劇烈的起伏，不可思議的看著那串鑰匙圈，然後撐起身子，開始在滿牆的單據裡尋找東西。

「你怎麼了？在找什麼？」夏玄允根本不懂他在幹嘛！

「郭岳洋、郭岳洋他來過這裡，訂了東西！」他慌張的大喊著，「快點幫我找，他不是說要換很炫的車燈嗎！」

在他房間的軟木板上，就是釘著長這樣的收據，他跟馮千靜從來沒有細看，以爲只是他的備忘錄！而且這種單據在文具店都買得到，並沒有寫上店名，上頭的字潦草得很，一個簡寫的「燈」，還有貨號而已！

單據釘在桌邊牆上，沒有多少空間可以讓大家找，但後頭還有一片牆上也有，所以黃宏亮他們就到旁邊去幫忙搜尋。

「郭岳洋郭岳洋……找到了！」大角眞是眼明手快，大吼著抽起釘在後頭牆上的單據，「埋在最下面，十一月一號訂的！」

十一月一號！警鐘在毛穎德跟夏玄允腦子響起，十一月一號，一切事情的開端就從這裡開始——郭岳洋碰到那個警車了！

理由是什麼他不想知道了，有時候不需要太多理由，就跟他碰到警車看見那些景象一樣，不願意還是看見了！

「糟糕……他們在下面！」毛穎德回身從大角手中抽起單子，「119-打119

叫救護車！快點！」

「為什麼？會出事嗎？」黃宏亮不明所以，但還是衝到桌邊拿起電話，「你們這樣好嚇人啊，到底怎麼回事？」

「報警已經很誇張了，你們還要叫救護車!?」張家義靠近桌邊，頭痛得撫著頭，「拜託你們不要亂來！」

夏玄允奔到毛穎德旁看著那單子，名字的確是郭岳洋親筆所寫，毛穎德調出手機照片對照，果真跟他釘在牆上的一模一樣；他趕緊把單據釘到了一大串鑰匙圈旁，拍了兩張照片，低首滑著手機。

喀啦喀啦，一旁桌上傳來急促的聲音，黃宏亮粗魯的切著電話。

「你幹嘛？這樣按電話會壞掉吧！」張家義一把抽過他的話筒，「就直接撥119就……咦？沒聲音？」

什麼？毛穎德愣愣的回頭，什麼叫沒聲音？

夏玄允沒有太多疑問，轉身就把整座電話拿起來，拉過話機上頭的電話線，沒有拉多久，整條線全被拉了出來，電話線的另一端根本沒有接在話盒裡——從頭到尾，都沒有人報警！

「怎麼會……電話一開始就沒通嗎？」林詩倪愣愣的問著。

馮千靜！毛穎德二話不說，立刻就衝了出去。

「報警！快點報警！」張家義的聲音跟著吼來，「快一點啊！」

爲什麼機車行開在這個路衝幾十年都無所謂？爲什麼上頭掛了這麼多避邪物？爲什麼就算常有車差點撞上他的店也沒關係？因爲他有著更重要的目的——要看著自己當年淹沒的證據，不被任何人發現啊！

第十二章
紅衣女孩的祈願

「啊——」一個踩滑，馮千靜往下滑了一公尺，手抓不住上一棵樹，所幸在下頭這棵及時扳住。

呼……呼，她喘著氣，根本不知道還有多遠，抹抹臉上的水，進入樹林後雨水小了點，不知道是因爲樹葉擋去了水，還是紅衣小女孩幫的忙。

「哇！」突然又一個叫聲，馮千靜都已經快受不了了，導師眞的很不會爬耶！

「導師，你要不要乾脆上……」她才回首，就看見一個身軀狼狽的從她右手邊滾落，經過她的身邊，一路往下！「老師！」

「他絆到了！」光頭王焦急得大吼著，「妳穩住啊同學，他一腳踩空就滑下去了！」

「老師——」馮千靜扯開嗓子喊著，好不容易聽見砰的一聲，老師被樹卡住了嗎？

天哪！她在夢裡滾過，知道那有多痛啊！萬一頭又撞到石頭，那、那……

「拜託，不要讓老師死掉！聽見沒有！」

她仰天喊著，喊得光頭王莫名其妙！

「妳在跟誰說話？」光頭王問著，「同學，要不要我們上去？」

上去？馮千靜回眸，這裡都看不見上頭的路了，他們已經走得這麼遠，現在放棄未免太可惜了。

「警察快來了，我們說不定只差幾步路了！」她堅定的說著，「而且我也要先去看老師，如果可以的話先幫他止血！」

她邊說，一邊吃力的從口袋拿出手機，打開手電筒照著下方，搜索著陳奕齊的位子。

兩點鐘方向，十公尺遠，倒著已經昏迷的老師，角度被太多樹擋住看不見，但是狀況一點都不好，導師臉上全是血。

「妳在哪裡？」馮千靜手機一轉正，喃喃自語，照著直線前方，「在哪裡？」

她說著，這次卻不見紅衣小女孩的身影……既然是都市傳說就盡責點吧，要跟蹤人就跟到底啊！

手機震動一下，她蹙眉，綠色框框顯現，是LINE。

「我們到了沒？同學妳到底知不知道在哪裡啊？」光頭王上氣不接下氣的問著，「還是問其他人？這裡眞的、眞的有屍體喔？」

馮千靜默默收起手機，「其他人不知道，只有我知道在哪裡……所以我才要下來。」

她一邊說，一邊再度邁開步伐。

「等等我！」光頭王見她移動，趕緊也扶著樹幹往下。

馮千靜只走兩步，忽然回頭看了他一眼，眼鏡與黑暗遮去了她的表情，光頭王只有愣了一下。

「怎麼了？」

「沒什麼……我突然想起一件事。」她正首，闔眼回憶著，「我室友的房間裡，有你機車行的訂購單收據，他訂了雷射車燈。」

「啥？訂雷射車燈的很多捏，妳同學也在我機車行訂的嗎？謝謝謝謝！」光頭王笑吟吟的說著。

「他逾期沒去取貨，你應該記得的，他叫郭岳洋。」馮千靜緩緩轉過頭去，「你打過一次電話給他，那個電話號碼是你的啊……」

「唉唷，這麼多人訂東西我怎麼會記得呢？」光頭王唉唷的擺擺手，「我快冷死了，老人家禁不起凍，我們還是快往下走吧！妳說在哪裡呢？」

馮千靜冷冷一笑……是啊，郭岳洋去過機車行，他的訂購單上面寫著十一月一號，事件的起始就在那裡，他在機車行遇到了什麼？碰到了什麼？

「爲什麼把店開在這個距離市集遙遠的路衝幾十年？店門口掛了一堆八卦鏡跟避邪鏡？」她緩緩睜眼，「上頭明明很多空的店面，你卻從來不想移店，冒著常有車子不小心彎進你店裡也不搬家……」

馮千靜的右手，緊緊握著手機，手機裡是毛穎德剛傳來的圖片：光頭王的鑰匙圈跟郭岳洋的訂購單據！

她倏地回首，舉著自己的手機，「因爲要看著你多年前犯下的罪不被任何人發現吧！」

鑰匙圈裡那台陳舊的玩具警車她怎麼可能忘記！那可是電梯裡渾身濕透的紅衣小女孩特地拿給她看的！

「馮千靜——！」

急促的吼聲從上方傳來，馮千靜倏而回首，但光頭王早已高舉起了鐵鏟，

「別怪我，都是妳的錯！」

他低吼著，狠狠朝著馮千靜揮了下去！

馮千靜瞬間蹲低身子，光頭王一鐵鏟卻敲上了樹，鏗鏘聲響，沒敲到馮千靜讓他很驚訝，立刻再補上一記，只見她動作靈巧的再度閃過，這一次她雙手緊握著手上的鏟子，確實的擋下光頭王的攻擊。

又一聲森寒撞擊音，聽得上頭的毛穎德心驚膽顫。

「毛毛！」夏玄允淋著雨跑來，二話不說扔給他一把小土鏟。

毛穎德順利接住，扭頭就踏進了黑暗溼滑的陡坡裡。

「這裡我比妳熟，小女孩……」光頭王緊握著鏟子的柄，刻意握在三分之二處，方便使力揮舞，「不要怕，就痛一下而已。」

「誰怕了！」馮千靜瞇起眼，率先出手，將鏟子揮向光頭王。

喔喔喔，光頭王向下滑動閃過了鏟子，而且平穩的沒有摔下去，利用樹木與尖石止住，看來對這裡還眞的很熟咧！

因爲一瞬間他就到了馮千靜身後，在她來不及轉身之際，光頭王竟彎身將鏟子掃向馮千靜的雙腿，逼得她過急的出手鏟子呈垂直狀的去擋，可是力道不對，鏟子轉眼間被打掉，叩咚的往下掉落。

「妳不要掙扎，我保證不會痛的！」光頭王拿穩鏟子，尖端對準馮千靜的咽喉就狠狠刺了過去——喀！

短棍準確的卡住了鏟子，在距離咽喉的十公分處，馮千靜與之較勁，既不讓他刺入、也不容他收回。

「你怎麼知道不會痛？」馮千靜雙手緊緊握著短棍，右腳緩緩滑下，她要先

把重心穩住。「那台綠色的車就是你的對吧，你撞死了小男孩，再把他抱到車上去！」

光頭王詫異擰眉，「妳怎麼知道這麼多!?」

「他姊姊告訴我的。」馮千靜聽見有人下來的聲音了，「驚訝嗎？它可找了你好多年呢！」

「胡說八道！那是不可能的事……不會有人知道的！」光頭王忽然鬆手，反作用力迫使馮千靜往後倒去，所幸後面是樹幹，她只有踉蹌了一秒。

但就在這一秒鐘，光頭王居然撲上來了——他意圖把她推下去！

光頭王雙手伸了過來，馮千靜靠著樹幹穩住身子，右手的短棍即刻對著光頭王的下巴由下往上狠狠揮去，啪嘰一聲分不清楚是骨頭裂開或是木棍裂開的聲音，至少光頭王哀號的下巴上仰，身體往後倒去。

馮千靜趁機往旁再跨一步，回身抓過他原本想把她推出去的手，使勁反向扭轉，痛得光頭王發出哀嗚！

「哇啊……啊！」他痛得大喊，卻沒有放棄利用騰空著的右手，抓住馮千靜高紮的馬尾，向後一扯！

「呃啊！」馮千靜頸子向後折，看著光頭王那猙獰的臉近在咫尺。

「妳不該發現的……」光頭王望著她，將她的身子往下推，「對不起，眞的對不起……」

感受到身子往下移動，馮千靜原地扭腰旋身，一轉眼移動位子成了面對光頭王，雙手分別火速的攫住他的手臂以及腰際，快到讓他措手不及——借力使力，馮千靜跟著將光頭王往下拽，右腳跨過他的雙腿胯下，一轉眼就與光頭王易位，變成他在下頭，狠狠的撞上就近的樹！

但馮千靜沒有鬆手，她使勁將他再拉離了樹幹前，先瓦解緊揪在她外套上的手，將他整隻手臂向外扭轉，在光頭王的慘叫聲中，旋身往他懷裡去。

旋轉只是將光頭王的手臂扭得更使力，在她的背部撞上他胸前時，右手手肘同時狠狠朝他的臉肘擊，右腳固定重心，左腳同時由後勾起了他的右腳踝。

在光頭王全身受到攻擊且只剩一隻右腳著地的狀況下，馮千靜霎時鬆開了所有的箝制。

「這是靜旋式，我馮千靜的招牌招式，記著。」只是一般說來，她下一秒是把對手往地板壓制的。

「哇啊——哇啊啊啊——」

她知道，背後的人向後摔去了，她面對著馬路，看著刺眼的燈光由上而下，

一個人影正焦急的往下走來，他的腳步一點都不穩當，幾次都滑步而下，但卻也靈敏的一再穩住身子。

夢裡也有這一幕，身影如此熟悉，是啊……他是拿著鏟子的，仔細回想，身形魁梧，好像是個光頭。

「啊啊——哇——」砰撞聲與慘叫聲不絕於耳，馮千靜疲憊的闔上眼睛，不支的朝一旁的大樹靠去。

「馮千靜！」毛穎德十步併作兩步的一路滑到她面前，立刻握住她半舉的手，「妳沒事吧？」

她緩緩睜眼，右手被緊緊握著，「掉下去的不是我。」

毛穎德往下望著，不是很想在乎的左顧右盼，「老師呢？」

「啊……老師！」馮千靜回身，指向兩點鐘方向不遠處。

他們雙雙移動到陳奕齊身邊，人還活著，只是頭撞傷了，毛穎德趕緊脫下外套把導師蓋住，警笛聲由遠而近，他們向旁邊看去，已經可以看見警燈在青山路上一路閃爍往上了。

知道警方到了，馮千靜起了身，扶著樹幹再往下走去。

「妳有收到我的LINE嗎？」他問著，順手拾起陳奕齊掉落的鏟子。

「那種時候傳LINE也太危險了吧！萬一我沒看到怎麼辦？」她抱怨著。

「妳要用手電筒啊，我想妳一定會拿出來的，越深處越黑暗！」毛穎德可是經過思考的，「而且我也知道不保險，所以才一路衝過來，沒聽見我喊妳？」

「只聽見名字，後面喊什麼都沒聽見。」他們繼續一路往下，雙手緊扣，馮千靜負責開路，毛穎德負責照明，「不過還是起了提醒作用……謝了。」

光頭王就在下面，沒有一路滑到山底，正卡在一棵大樹前，渾身是血，看來撞擊加上尖石割刺，也是遍體鱗傷。

毛穎德沒有鬆懈，注視著奄奄一息的光頭王，馮千靜則蹲下身子，雙手貼在濕軟的土壤上。

「就是這裡……一定就是這裡！」她喃喃說著，雙手冷不防的鑽進土裡，開始徒手挖掘！

毛穎德見狀，也蹲下身體，用小土鏟與她一起扒開鬆軟的土！光頭王尚有意識，睜著迷濛的雙眼哭泣著，好痛……他全身上下都好痛……骨頭好像斷了，皮肉都裂開了。

連日大雨，這兒的土都成了黏土，馮千靜拼命把土向外撥，上頭傳來哨音與吆喝音，若干手電筒的燈光開始搖晃，代表著有人下來了，馮千靜的手機開始震

動，但他們誰也沒空接電話！

「確定是這裡吧，妳挖慢一點，這樣手會受傷的！」毛穎德擔心的說著。

「就在這裡，郭岳洋那時就卡在這裡！他全身上下都被埋住，我跟光頭王一樣掉下來，是他抓住我的！」馮千靜心急如焚的喊著，「他用唯一露出來的手……」

馮千靜忽然僵住了，她眼鏡下的大眼望著毛穎德，盈滿驚訝，倒抽一口氣。

毛穎德明白那種眼神，他緩緩低下頭，看著馮千靜的手埋在土裡動也不動，他二話不說的改以嘴巴咬住手機，雙手並用的將她右手邊的泥土全部挖開……

一隻見骨的手緩緩從土裡冒出，小小的、不是大人的手骨，手掌直立，手指成鬆軟的包握狀。

馮千靜剛鑽進土的手正好鑽進手骨的掌心內，看上去……就像正被緊緊包握。

「下面怎麼了？有人嗎？聽得見嗎？」

大雨突然從葉縫裡降下，轉眼將那土沖刷乾淨，手骨變得格外明顯。

馮千靜的淚水默默的流出眼眶，她望著毛穎德悲傷的笑了起來，然後難受的闔上雙眼，從她微顫的下巴可以看得出來，她情緒正激動。

「在這裡！有兩個傷患！一個在你們的一點鐘或兩點鐘方向！一個在我們這裡！」毛穎德大聲回應著，「這裡有命案凶手，還有屍體，請你們小心下來開挖！」

他高喊著，然後緩緩的把馮千靜的手，從那小小的手骨裡拉出來，緊緊握住她的手。

忽地打了個寒顫，他背部汗毛直豎，寒冷逼襲，毛穎德加重握力，這讓馮千靜也嚇了一跳。

他緩緩側首，在他的右手邊，矗立著鮮紅色的身影。

馮千靜跟著望過去，紅衣小女孩現在格外顯眼，它一如往常的站著，沒有任何動作，低垂著頭，然後幽幽的轉過身，沒入了林子更深處。

「學生在這裡！」刺眼的手電筒燈光照了下來，「你們兩個可真夠大膽的，居然敢這樣自己下來！」

「哇，還有女孩子，眞是勇敢！」

咦？馮千靜彷彿意識到什麼，看了毛穎德一眼，他還丈二金剛摸不著頭腦，她現在是在使什麼眼色啊？

「哇呀！好可怕喔！」下一秒，馮千靜忽然莫名其妙尖叫起來，直接往他身邊靠過來，「好嚇人喔，那個人要殺我，我好怕喔！」

「……」毛穎德無言的望著突然緊勾著他手臂的女人。

該怕的是他跟光頭王吧，妳這女人未免也演太大了吧！

第十三章

真相

那夜大雨驟停，彷彿在應和著眞相大白。

炙亮的探照燈照著邊坡，消防隊員小心翼翼的將擔架一一遞送上來，馮千靜他們誰也沒即刻離開那兒，就站在一旁看著所有的進行工作，導師最先被送上來，雖受傷但沒有生命危險，火速送往醫院。

爾後吊上的自是光頭王，他運出來時已經沒有意識，摔得不輕，渾身是血而且有多處骨折現象，除了活該兩個字，馮千靜找不到別的字送他。

居然想偷襲她？他是怎麼想的？以爲只有她知道屍體在哪裡，殺了她僞裝成意外就好？還是回頭也想把毛穎德他們一網打盡？

爲了盯著自己犯下的罪，不惜待在這兒幾十年，甚至又爲此動了殺機。

最後吊上來的，是用布緊緊裹著的小小身軀，看著令人鼻酸，事隔多年自然已是白骨，但總算是找到了。

他們徹夜進行了筆錄，馮千靜因爲一些輕傷進醫院包紮，不過自此風平浪靜，大家都能安穩的一覺到天明，林詩倪她們也不再有失憶的狀態，而郭岳洋在她找到屍骨的那刻，轉醒。

「說到底，紅衣小女孩好像沒有眞的要害誰的意思啊……」夏玄允很認眞的說著，「她只是想要叫人去追弟弟、找到那個孩子而已。」

「問題是還是很多人因它而死。」毛穎德對這點不以爲然，「它依然害死了很多人。」

他可以理解紅衣小女孩的動機，但造成的事實不能抹滅。

「拉著我們要去追凶手、找弟弟……但有必要拉斷我們的手嗎？」黃宏亮相當不解，「在夢裡那種重複的惡夢眞的太可怕了！」

「她要是知道也不會這樣了吧！我最後一次在夢裡時完全不掙扎，努力追上它的速度，手臂就沒有被扯下來。」馮千靜聳了聳肩，「它力氣太大了，卻沒有自覺，說不定還很困惑爲什麼你們一個個都禁不起拉。」

一掛惡夢派的紛紛翻白眼，那種痛楚誰不醒啊？一入睡就被撕裂，誰有辦法去理解紅衣小女孩到底想幹什麼？

「那我們呢？」林詩倪提出疑問，「我跟其他人……讓我們穿上紅衣，失神站在馬路上又是爲什麼？」

「這個啊，應該是它控制妳們的意識，或是附在妳們身上了吧！」夏玄允事件結束可忙了，做了一篇很長的報告，居然在分析紅衣小女孩，「撞到它的人有車，會被當成追逐對象；沒撞到卻看見它的，變成一種附體狀態！」

「意義在哪？」大角皺眉，「多少人因爲這樣死了。」

夏玄允雙肩一聳，「那是紅衣小女孩，哪有邏輯可言，最早的傳說看見它就會遭遇不幸了耶！你們都活著就阿彌陀佛了！」

「嗄！」黃宏亮咕噥著，「怎麼這麼倒楣！」

「逝者已矣，這些意外我們都無法掌控，也不得不承認紅衣小女孩還是少見為妙。」毛穎德往旁一瞥，「欸，紅豆餅耶，郭岳洋不是最愛吃，買一些進去！」

「啊我也要我也要！」一群學生嚷著，冬日裡吃熱騰騰的紅豆餅最棒了。

事件結束兩天後，大家都已經精神飽滿，便相約到醫院去探視郭岳洋跟陳奕齊，陳奕齊頭部縫了十針，身體多數擦傷，不過都沒大礙，所幸都是皮肉傷，觀察狀況穩定的話，明天就能出院。

至於郭岳洋，因為長久失眠，爾後又昏迷導致營養失調，所以要在醫院恢復一段時間，但最長一週也就能漸漸回到校園生活。

在邊坡挖到屍體的消息傳開後，紅衣小女孩的傳說更是喧騰，眾說紛紜都認為姊姊護弟，為了讓人找到弟弟的屍骨無所不用其極。

只是，傳說這麼久，為什麼今年特別嚴重？

馮千靜拎著雙大眼瞪著毛穎德，他們兩個被派來買飲料，點完後她就瞅著他

不放。

「喂，幹嘛這樣看著我？」他狐疑的問，「妳這樣子一點都不像那天晚上那個啊～好嚇人喔的馮千靜。」

「閉嘴啦！我那天不裝豈不是破功！我可是內向脆弱的學生！這次不低調已經很麻煩了！」馮千靜還說得振振有詞，「我到現在還是搞不懂，爲什麼紅衣小女孩找郭岳洋的麻煩？」

「不……不算找吧！我不是跟妳說了，郭岳洋在機車行時，好奇碰到光頭王的鑰匙圈，摸到了那台玩具警車。」毛穎德本來想拿鑰匙圈去找人問的，不過那後來也成了證物，「我覺得在碰觸的瞬間起了什麼變化，就像妳一直夢到他被人箝制、埋在土裡哭泣，其實那都是象徵那個小男孩對吧！」

嗯，馮千靜點點頭，事後回想起來，夢見郭岳洋在家裡那次，在背後扯住他頭顱的人相當高大，應該就是光頭王。

頸子的裂口就是小男孩的死因，頸骨斷裂，只怕是被鏟子剁斷的。

「記得嗎，機車行裡有很多避邪的東西跟法器，鑰匙圈上也有，紅衣小女孩在那邊這麼久，光頭王卻都相安無事，搞不好就是那些東西在幫他……也說不定小男孩的靈魂都被壓住了。」飲料做好，毛穎德趨前接過，「而且光頭王也不可能讓別人碰那串鑰匙圈吧！郭岳洋應該是啓動了什麼。」

「眞剛好。」馮千靜皺了眉，「所以紅衣小女孩也激動起來。」

「嗯，它可能覺得有希望可以離開那邊吧！」毛穎德聳了聳肩，「雖然對郭岳洋比較抱歉，但是他也算善事一件！」

「呿！下次換你去跟紅衣小女孩打招呼看看，不能睡很痛苦，睡著一直做惡夢更痛苦，最機車的是還醒不來！」馮千靜提到這點依然不爽，紅衣小女孩太粗暴了！

遠遠的夏玄允在招手，嫌他們動作慢，他這幾天活力無窮啊，都市傳說社的社團ＦＢ超夯的，人氣爆增，他簡直樂不可支。

一票人熱鬧非凡的進入學校附近的醫院，首先就直抵郭岳洋的病房，他的父母跟大家打聲招呼就先去吃飯了，把空間留給學生們；郭岳洋氣色看起來好多了，進入病房時還在滑手機呢！

「洋洋！」夏玄允立刻獻上紅豆餅，「剛出爐的喔！」

「哇！紅豆餅！」郭岳洋笑了起來，神情輕鬆許多，「謝謝大家……」

話說到一半有點錯愕，因爲後頭還跟了一些他不是很熟的人。

「嗨！」林詩倪甜甜笑著，「我們都是跟紅衣小女孩相關的人，特地過來謝

謝你的！」

「啊啊，我記得！」郭岳洋見過他們一面而已，不過對黃宏亮最熟悉，「黃宏亮嘛！還有……曹江瑞呢？」

提起曹江瑞，大家就一陣尷尬，夏玄允拉過椅子坐下，輕輕拍拍他，丟了示意的眼神，郭岳洋當下就抽了口氣。

「所以，總共多少人？」他皺起眉，昏迷後他什麼都不知道，爸媽也不提。

「加上你同學，總共六個人。」夏玄允老實的告訴他，「不過現在沒事了，一切都結束了。」

郭岳洋默默點頭，打起精神的咬下紅豆餅，從來沒有想過，紅衣小女孩的傳說會在學校附近，還一連奪走這麼多條人命。

主因卻是出在那個備受學生歡迎的機車行。

「剛說來謝謝我？爲什麼？」郭岳洋沒漏掉這句話。

「要不是你，我們可能都死得不明不白，然後明年又繼續有下一波受害者被當成意外處理。」大角很誠懇的道謝，「眞的很謝謝！」

所有人同時跟他鞠躬，反而把郭岳洋驚呆了。

「……夏天？」他趕緊求救。

「每年青山路都有車禍，十一月最頻繁，因爲當年出事時就是十一月，要不是你碰了光頭王的鑰匙圈，解開了某種束縛，紅衣小女孩才能找大家去幫忙找屍體！」夏玄允認眞的握住他的手，「要不然那男孩永遠被埋在那裡，紅衣小女孩也持續的成爲都市傳說。」

郭岳洋微歛了臉色，蹙起眉頭，「我不知道……我那時碰鑰匙圈時一下頭很暈還聽見尖叫聲，我沒想到是這樣！可是如果不是我，是不是大家就不會死了？也不會做惡夢，或是……」

「並沒有。」毛穎德打斷了他慌亂的話語，「我們統計過，每年青山路光十一月的出事死亡率就超過四個人，重傷的更多，所以紅衣小女孩一直有在動作，只是被光頭王用的什麼八卦鏡或什麼法器壓著，無法施展。」

「做惡夢……那個就算了，夏天說紅衣小女孩只是想要我們去找屍體，雖然很衰，但橫豎小男孩屍骨是找到了啦！」大角學長搔搔頭，「是福不是禍，是禍躲不過嘛！」

眞泰然咧！馮千靜輕輕笑了起來，大家也在尷尬中相視而笑，重點是現在大家都平安的活著，也不想再去探討太多。

「不過，」郭岳洋昂首，「你們怎麼知道我有碰到那個鑰匙圈？」

糟糕！毛穎德怔了一下，這怎麼能說？說他碰到就看到嗎？不行不行，夏天一定會把他當成靈媒的！

「做、做夢吧！」馮千靜忽然接口，自然的轉向毛穎德，「你之前不是說夢到郭岳洋去機車行？」

咦咦？是、是嗎？毛穎德望著馮千靜，她堆著溫和的笑容，眼神卻銳利得很：接話啊，都幫你架台階了！

「對、對……因爲我沒看過紅衣小女孩，所以我一直以爲是擔心郭岳洋所以才做奇怪的夢！」毛穎德趕緊胡謅，事實上那天晚上這個關鍵他跳過沒說，他只說看過玩具警車所以似曾相識罷了。

「說到做夢，我也做的不全是紅衣小女孩……」郭岳洋忽然放下紅豆餅，眼神飄得極遠，「我夢見我被埋在土裡，伸手喊著救命，也夢見過回家，家裡只有小……馮千靜一個人在家。」

「那不是夢。」馮千靜幽幽說著，「我也夢到你回來找我。」

「咦？眞的嗎？」郭岳洋相當詫異，「那我在土裡哭，有個人拿鏟子打我……也是眞的嗎？」

「只怕是那小男孩當年的境遇吧。」夏玄允語重心長，「我聽說他的頭骨是被外力弄斷的，頭骨也有破裂，身上多處骨折。」

「外力……」馮千靜下意識撫上頸子，「應該是被鏟子刺斷的吧！」

喝！所有人聞言都直覺護住頸子，郭岳洋也微顫著身子，「對，那個人的確舉著鏟子往喉嚨刺過來……」

毛穎德聽著不大舒服，「等等，這樣說來……那個小男孩並沒有在車禍中喪生？是被活埋進去的？」

如果郭岳洋與男孩意識重疊，狀況就是這樣令人髮指啊！

病房裡陷入一股沉悶，大家腦海裡想的都是光頭王那熱情待人的模樣，實在難以想像，他會是個肇事逃逸、爲了湮滅證據還將孩子活埋的凶手！

「哇，好熱鬧啊！」門口突然出現陳奕齊的聲音，他頭上紮著繃帶跟網子，坐在輪椅上頭，由張家義推來。「大家都到了！」

「老師！」馮千靜趨前看著，「眞抱歉喔，讓你受傷了！」

「唉，沒關係！」陳奕齊搖了搖頭，「想想要不是我跟妳下去，光頭王選擇先暗算我，只怕妳已經出事了。」

這句話讓眾人面面相覷，光頭王暗算他？

「你不是滑倒的？」馮千靜愣住了。

「哪是！我是不夠靈敏，但沒那麼笨！我那時的確不穩，好不容易才扶住樹幹，光頭王走過來二話不說就使勁把我往下推了。」陳奕齊無奈的聳肩，「我也眞是沒用，摔下去就什麼都不知道了。」

馮千靜不可思議的瞪圓雙眼，暗暗握拳，居然是光頭王推老師下去的！早知道應該先斷他的骨頭，再——

毛穎德內心有點愧疚，話說那晚在機車行時，他曾懷疑過導師跟這件事有關係，才會半夜出現又阻止馮千靜去掘屍。

「該說抱歉的是我，我還眞沒想到你們是認眞的！」張家義有點尷尬的開口，「不過，我還是要說，都市傳說社不能再過度怪力亂神……不能製造恐懼，還有——」

「知道，會有節制的。」夏玄允忽地打斷張家義的話，「分寸我會拿捏妥當的。」

是嗎？你確定？身後的毛穎德跟馮千靜，包括坐在病床上的郭岳洋都用百分之一萬質疑的眼神望向笑得無害的夏玄允，他如果知道什麼叫「分寸」，還能叫夏玄允嗎！

「好了，大家聊，但是不要太大聲吵到別的病患，然後……」張家義看向夏玄允他們，「你們三個，出來一下。」

郭岳洋有點擔心，夏玄允跟他保證沒事，因爲今天除了來探望郭岳洋跟陳奕齊外，其實還有另一件事。

警方找到小男孩的家屬了。

他們走出後，張家義指向了前方，「他們在地下室，警官剛剛有看到你們進來，我想說讓你們先聊聊。」

「謝謝。」夏玄允掛滿笑容，雙酒窩看上去總是可愛。

假的。馮千靜挑高了眉，今天夏玄允都故作那種萌樣，惹得林詩倪她們小鹿亂撞得臉色緋紅，那種花樣少年似的臉龐跟清澈的雙眸，只對不認識他的人有效。

「家屬應該哭斷腸了吧，即使過了這麼多年……」毛穎德幽幽的說著，「但是也該鬆口氣了。」

「想起來還是可惡，還想殺我……要不是地勢險峻，我應該多揍他幾下的！」馮千靜想來就義憤填膺。

「不必了吧，交給其他人吧！他夠慘了！」夏玄允聳了聳肩，率先進入電梯，「我聽說他半身不遂，脖子以下都不能動，脊椎骨跌斷了。」

馮千靜有些震驚，「是嗎……」

「你消息眞靈通啊，夏玄允。」毛穎德沒好氣的搖頭，鐵定一天到晚纏著警察。

「那當然！做事要有始有終啊！」地下一樓抵達，叮聲後電梯開啓，當下陰風撲至，有別於夏玄允的昂首闊步，毛穎德卡在電梯裡遲疑了。

太平間，唉唉，橫豎都躲不過！他做好心理準備，緩緩的往前走，卻留意到馮千靜低垂著頭。

「喂，到了！」

「……我沒想讓光頭王殘廢的。」她眉頭深鎖，這不是她的本意。

她是想讓他受傷，讓他嘗嘗在土裡石上滑行的痛楚，感受一下老師的遭遇，並且向自己的錯贖罪。

但是脊骨摔斷，終至半身不遂並不是她的目的！

毛穎德微微笑著，動手拉過了她的上臂向外帶，「妳想太多了，那個時候妳防備都來不及了，哪還有時間想這麼多！」

「但是我可以……」

「他想殺妳，妳必須做出自我防備的動作，妳在做筆錄時，雖然避重就輕，但是警方也說了幸好他滑下去，否則妳搞不好被殺了！」

那晚警察來之後，馮千靜立刻放下亂髮，恢復對外的怯懦內向模樣。筆錄時也都是簡短回答，提及光頭王拿鏟子想打她，她閃躲推擠之下，光頭王就掉下去了。

事情重來一百次，在那三十度的陡坡上，她還是會摔他一百次吧！命都快沒了哪能想這麼多！

「啊同學！」遠遠的，熟悉的警官就站在走廊上，「辛苦你們了，剛去看同學了嗎？」

「嗯，大家都很好！」夏玄允笑吟吟的說著，又是一副陽光美少男的模樣欺騙世人，「我們才是辛苦大家了，抱歉給大家添了這麼多麻煩！」

毛穎德跟馮千靜跟著點頭就是，公關交給夏天就行了。

「多虧你們，不然沒有人想到那麼深的地方會埋有屍體。」警官微笑著，「看來紅衣小女孩指引不少啊！」

「是啊！」一提到紅衣小女孩夏玄允又興奮了，「所以說，我想幫紅衣小女孩平反，它好像不是那麼可怕嘛！」

「唉，多少還是好幾條人命啊！」警官沉穩的說，「不管是什麼，我們心存

敬意。」

嗯，大家不約而同的點頭同意，接著警官進入正題。

「家屬現在在裡面，他們想要當面謝謝你們……先別急，讓我說完。」馮千靜第一時間搖頭，警官趕緊安撫，「另外就是……家屬說孩子託夢，想見你們一面。」

沉默頓時漫延開來，夏玄允有些詫異，毛穎德根本是不能理解，要見他們做什麼？他們只是逼不得已的意外找到他而已，而且眞正挖他出來的是……啊啊，兩個男生，同時看向了還在裝文靜的馮千靜。

「我、我……」她轉著眼珠子，頭一低撇開，「我不敢！」

不敢個頭啦！兩個男生超想大吼，但也只敢在心裡吶喊，「我想應該是想跟妳道謝吧。」夏玄允補一刀。

「啊不，家屬的意思是都要見。」警官微笑，「不要緊的，我也想是感謝，只是靈堂前上個香。」

馮千靜整張臉都貼在毛穎德手臂上了，默默點頭，看上去眞是脆弱無助厚！

於是警官敲了門後進入，裡面是個簡單的靈堂，一張純眞笑顏的照片擱在上頭，一旁站著一個白髮的婦人，望著他們，激動得又開始落淚。

捻香，馮千靜忍不住看著照片裡的男孩，才五歲，被撞倒後再被活埋、被鏟子打頭、剁手再剁頸，種種苦楚都令人不捨。

向家屬致敬後，學生們離開靈堂，警官吆喝他們到樓上去喝杯咖啡，等等家屬還想當面致謝。

「可以不必這麼麻煩的，我們也只是……巧合的找到。」毛穎德趕緊婉拒，他知道馮千靜不愛這種場合，他也不喜歡。

「我知道起始點很怪，但你們的確幫了大忙。」警官邊走邊感嘆，「只是可惜了好幾個學生，你們學校最近事情眞不少。」

「都市傳說其實四處都在發生，只是最近密集的在我們學校發生罷了。」夏玄允字字說得清晰，「每年都有幾千個失蹤人口，而且還不知道在他們身上發生了什麼事呢！」

這番話讓警官都停下腳步，回頭瞪大眼看著他，他只覺得這學生眞有意思，毛穎德則是下意識打了個寒顫，夏天說得一副每年幾千人生死未卜都跟都市傳說有關咧！

「警官，那個光頭王……醒了嗎？」馮千靜提出問題，「他有交代當年的狀況嗎？」

「嗯，是醒了，但是精神不太正常！」警官帶他們到公共區域去，用投幣販賣機買咖啡，「狀況跟你們同學很像。」

「很像？」毛穎德蹙眉，「做惡夢嗎？」

警官將咖啡遞給夏玄允，他往後遞給馮千靜，「嗯，陷在不止的惡夢中，醫生用藥也只是更嚴重，我們試著把他病房裡的反光物遮起也一樣，今天早上已經語無倫次了，抓著護士問說這是現實嗎？」

夢中夢中夢，好幾層的惡夢讓他難以分辨現實與虛幻，每一層都有著痛苦在等著折磨。

「或許是心虛，也或許是現世報吧！」夏玄允語調略微飛揚，「因爲他已經過刑事責任期了，所以冥冥之中用另一種方式懲罰他！」

「過了？」毛穎德跟馮千靜異口同聲。

「殺人是二十五年，這是三十年前的事早過了，就算他承認他殺那孩子，也無法判他有罪。」警官搖了搖頭，「夏同學說得好，我也認爲是冥冥之中。」

加上光頭王已然半身不遂，一輩子不能動……的惡夢，或許惡夢裡不只紅衣小女孩，不只那男孩，還有曹江瑞、呂君樺……每個早逝的靈魂。

婦人走來，他們朝著她頷首，大家找了張圓桌坐下，警官便先行離開去處理事情。婦人哽咽的向他們再三道謝，原本早已經不抱希望，沒想到竟會有找到屍體的一天。

「當時我們都覺得他不在了，但屍體呢？」婦人擦著淚，「看到屍體，心中的大石才算放下啊！」

「那個……我有件事有點好奇。」馮千靜慢條斯理的說著，「我剛剛在靈堂，只看見了男孩的遺照，好像……」

「是啊，我也覺得奇怪，應該有兩個不是嗎？」毛穎德也提出了疑問，「姊跟弟弟不是一起失蹤的？」

紅衣小女孩沒有安息，他從心底覺得不踏實啊！

「可是我聽說只挖到一具屍體！」夏玄允托著腮，「我本來以爲會繼續調查的……」

「姊姊？」婦人一怔，「我就是姊姊啊！」

咦——什麼！電光石火間，三個學生同時間跳了起來，椅子拖曳聲在公共區迴響，讓所有人都驚愕。

「您、您是姊姊？」毛穎德嚥了口口水，「傳說中那個紅色、紅色……」

「怎麼可能!!」夏玄允受到相當大的打擊，這哪是紅衣小女孩啊，這是紅

衣、紅衣阿姨啊！「不是妳在青山路上徘徊著要救弟弟嗎？」

「不……我那天的確是穿著紅色洋裝，但是失蹤的是弟弟啊！」婦人抬首望著他們，「我那天跟弟弟吵架，孩子玩鬧嘛難免，可是我負氣不理他跑去找媽媽，怎麼知道……就再也看不見他了！」

馮千靜腦袋一片空白，姊姊活著！姊姊根本沒有死！「從頭到尾，失蹤的只有弟弟!?」

「是啊，我好像聽過傳說，那是以訛傳訛！」婦人也緩緩站起，「弟弟的失蹤讓我自責了好幾年，如果不是我幼稚的賭氣，也不會讓他離開我視線範圍……」

他們三個後面根本沒在聽了，吃驚得面面相覷，如果姊姊沒有事，那、那紅衣小女孩是誰啊!?

它根本不是傳說中的姊姊、爲什麼對小男孩的事這麼認眞啊!?

今天難得有太陽，氣溫顯示十二度，可是步出醫院的他們三個覺得冷斃了，而且是從背脊一路涼到腳底的寒。

「紅衣小女孩不是姊姊的靈體……」毛穎德喃喃說著，「天哪！那紅衣小女孩到底是誰？」

「我不想知道。」馮千靜拒絕吸收資訊，「反正屍體找到了，大家都沒事了，快點還我正常生活就是！」

唯獨夏玄允一雙眼閃閃發光，嘴角勾著的笑捨不得放下，走路跟跳舞似的興奮。

嘻，紅衣小女孩似乎眞的存在呢！

尾聲

探病完畢，大家一起走回機車停車場。

「走嚕！」黃宏亮吆喝著，「夏天，我們要下山唱歌，你們要不要一起去？」

馮千靜頭搖得比誰都快，毛穎德也沒興趣，這陣子爲了紅衣小女孩的事折騰不少，課業進度跟筆記都得跟上，沒有閒情逸致啊！

「再聯絡！」大角他們跨上機車，朝著他們招招手，「很謝謝你們囉！」

「記得下禮拜來塡入社申請書啊！」夏玄允關心的只有這點。

毛穎德已經可以想見下星期的入社申請書只怕會爆增吧，經此一役，「都市傳說社」算是紅翻天了，沒看這兩天夏天走路都像會飛似的。

「那我們……」夏玄允端著一臉撒嬌轉過身來。

「我要回去做報告。」馮千靜戴上安全帽。

「我也要回去補進度了。」毛穎德默默的扣上安全帽。

夏玄允一臉無奈，「你們很無趣耶，難得可以好好慶祝一下！」

「有什麼好慶祝的！要慶祝，等郭岳洋回來再說吧！」毛穎德還是比較切實際，跨上機車，朝馮千靜示意上來。

全新的機車，是馮千靜賠他的，效率之快急速送達，這時他心裡就會暗忖，不愧是知名的格鬥競技者，夏天說過她個人身家幾千萬呢！

「哼，你們兩個啊，現在都一掛了！」夏玄允抱怨咕噥碎碎唸著，「那天還把我排開講悄悄話！」

「吃醋囉！」馮千靜冷哼一聲，「放心，不會跟你搶男人的！」

「喂！」毛穎德沒好氣的回頭瞪她，「走了喔！」

「欸欸，等等在山上滷味那邊買點吃的回去喔！」

油門一催，機車迴轉而去，順著省道騎數分鐘後，打方向燈右轉青山路。

他們沿著青山路往上騎，現在的方向是上山，等等騎到盡頭左拐時，右手邊會先看到再也不會開的機車行，左拐後就是之前紅衣小女孩一直徘徊的地方，持續向上騎再向右彎過髮夾彎，就到青山路側門了。

現在騎乘在青山路上，並沒有想像的放心，尤其在紅衣小女孩並不是姊姊這個眞相之後。

紅燈，他們並排停下，幾十秒的時間夏玄允還拿手機出來。

「喂，有這麼急嗎？你該不會又要貼文了吧？」在社團貼一張：我在青山路上。

「哪有，這種小事我才不會貼咧！」

「最好，你連我躺在青山路睡覺都上傳了……根本什麼雞毛蒜皮的照貼不誤！」馮千靜想到還有氣，「要不是你貼文，導師就不會來，也就不會受傷！」

「不釣魚怎麼知道魚在哪裡！」夏玄允聳了聳肩，「社團是公開的，有各種奇怪的留言，居然有人直接報告學校，好像巴不得我們停止調查似的！我想知道哪些人盯著我們的行動！」

「……就導師啊！連我們約十點在側門都知道！」毛穎德皺眉，「他們很難為好嗎？」

「還有另一個人。」夏玄允朝他們倆瞇著眼笑，「知道曹江瑞會去、知道他跟我們約十點，然後藉口幫他看一下車子，把煞車調鬆，等他跟我們會合後再CALL他下來——砰！」

什麼？馮千靜跟毛穎德瞠目結舌的看著他，他卻扔一句「綠燈了」就往前離開，剛剛那番話快到他們難以消化，毛穎德趕緊追上，夏天在說什麼!?

他說的好像是——如果是光頭王，他要誘曹江瑞折返太容易了，趁其不備藏起他的東西，甚至只要打電話說他想到什麼事，曹江瑞他們都會立刻回去！

留著通話紀錄，也不會有人想到其中暗藏的玄機，不會有人知道那通電話講了什麼，只要能讓曹江瑞折返下坡就行了！即使機車裡找到光頭王的指紋，他也能大方的說是幫曹江瑞免費檢查機車，更何況車子毀成那樣，根本什麼證據都很難留下。

大家只知道曹江瑞煞車失靈，衝進了小貨車底下，那台小貨車只怕也是倒楣，因爲按照光頭王的計算，曹江瑞從折返開始，就是一路的失速，不死也絕對半條命。

「夏玄允，你爲什麼會這樣想？」毛穎德追上，大聲問著。

「拜託，一個自己會改車的人，怎麼會沒注意到煞車有問題啊！」

咦！馮千靜嚇了一跳，對啊，曹江瑞的車倍受歡迎，他說剛買沒多久，自己還改了車，當時大家還討論熱烈……男生很重車，尤其會改車的人勢必瞭解自己車子的車況。

所以？

「夏天，你從什麼時候開始懷疑光頭王的？」毛穎德低吼著。

「曹江瑞出事後啊！我不只懷疑他啦，導師們的阻止態度我也很懷疑，不過我頂多覺得奇怪而已！」他聳了肩，「騎車不要並排聊天喔！」

「夏玄允——」馮千靜忍不住在後座破口大罵，「你覺得奇怪是不會早點講喔！」

夏玄允還一臉無辜，送出迷人的笑容，冷不防的把一個東西掛在毛穎德機車把手上，咻地加速往前騎去。

「護身符！」

「護你個頭啊！」毛穎德氣急敗壞的嚷著，既然早覺得有疑點幹嘛不說啊！攪得兵荒馬亂又鮮血四濺！

紅色棉線掛在油門把手上頭麻煩礙事，毛穎德順手抓起來往後塞，馮千靜匆忙接過，心裡一團火等等到家再跟夏玄允算帳！

左彎道在前，毛穎德跟馮千靜雙雙盯著，向左彎時，他們不約而同的向右看向機車行，上面那面八卦鏡依舊，但鐵門已經掩，只怕光頭機車行是再也沒有開張的那日了。

左轉後，前方的夏玄允一路飛馳，他們尾隨在後，經過中間路段時，忍不住瞥了一眼——喝！

毛穎德差點壓下緊急煞車，因爲紅衣小女孩就站在陡坡與柏油路的交界處，對著他們——它還在！

紅衣小女孩抬首，彷彿望著他們似的，脖子一路從右轉到左跟著機車動！

「妳……」毛穎德嚥了口口水。

「看到了。」馮千靜默默緊抓著他的背，「我的天哪！紅衣小女孩是眞的存在的……都市傳說！」

「說、說不定是學校守護靈之類的！」毛穎德卯起來亂猜了，「我下次絕對不騎青山路，天哪……」

「同意。」馮千靜難得附和。

開什麼玩笑，這個都市傳說根本千眞萬確吧！哪有知道還天天跑來照面的道理啊！馮千靜緊握著左掌心有點疼，望著紅線狐疑，夏玄允給的什麼護身……符……

「這什麼？」她鑷起墜子往前遞，毛穎德正專心彎上髮夾彎，「螺絲？」

一顆黑色的螺絲被刻意打了個洞，以紅線穿過，這樣就叫做護身符？

「又在收集什麼……」毛穎德話突然梗住，從後照鏡望著馮千靜拿著的黑色螺絲釘。

該不會……馮千靜緩緩把手放下，心都涼了一半。

「你們要吃什麼？」夏玄允已經在約定的攤子前先停下了，手上拿著籃子準備要盛裝食物。

「這是什麼？」兩個人連下車都沒，異口同聲指著螺絲低吼。

「紀念物嘛！」夏玄允雙眼都笑開來了，「就曹江瑞機車的……」

「夏玄允！」

後記

紅衣小女孩，應該算是本土在地的都市傳說了！

起因於曾經很流行的靈異節目，那時有觀眾投稿一份錄影帶（是的，錄影帶的年代），有某家人在北屯大坑風景區郊遊時，以DV拍攝遊玩影片，拍攝者先行站在前方路旁，一一拍攝著全家人，大家都對著鏡頭揮手打招呼，但是最後一個卻是個穿著紅衣的小女孩，不僅跟在他們家人後頭，似乎也在微笑。

那名紅衣小女孩臉龐近似老婦臉，身穿紅色米奇衣褲，臉罩青光，對著鏡頭那抹笑森寒；爾後這家人病故或是相繼出事，因此看見紅衣小女孩就會不幸的傳聞不逕而走。

不過，我倒不是全然使用了這個都市傳說，我使用的是朋友跟我說的，雖是口傳，但不違傳說本意！

據說也是台中某大學的學生買完宵夜後要騎車回家，漆黑無人的路上經過了一個紅衣小女孩，它就站在路邊，但身上的紅衣醒目得讓該大學生難忘，他狐疑的想要回頭探視，爲什麼這麼晚了路上會有小孩子？

只是還沒回頭，只是從機車後照鏡一瞥——就看到那個小女孩用誇張的大步伐追在他的機車後面！

據說眞的是阿婆臉，滿臉極度猙獰大吼著，目怒利牙，手刀猛衝，小小的身子不但可以追上機車，還數度要抓到學生的機車後座，那個大學生嚇得魂飛魄散，加足油門拼命往前衝，可是紅衣小女孩那張臉始終映在他後照鏡上，根本甩不掉的窮追。

最後他摔車了，紅衣小女孩竟也就此消失。

對我來說，騎機車後面有個猙獰小女孩瘋狂追著，比山裡面那個還要可怕，台灣騎機車的人口有多少啊？誰會期待騎車看後照鏡時，突然塞進一張可怕的臉，表示在你後面或身邊呢？

所以，我選擇了這位紅衣小女孩。

運用兩個都市傳說的特色，加上一些天馬行空的想法，笭菁版本的紅衣小女孩便正式登場囉！

拿到這本書的大家有沒有覺得封面棒透了，完全就是傳聞中阿婆臉的紅衣小女孩啊，而且如果您拿到的是限量版，您的紅衣小女孩還是沒有臉的，得用手搓

搓搓，才能搓出它的眞面目啊！

眞是太棒了，我很喜歡這次的封面了，非常有感覺，而且紅衣小女孩保證本土在地，大家閱讀起來應該超級有親切感！

至於故事裡的想法，其實很簡單的就是知道騎機車的人多，依然希望大家遵守交通規則，不搶快，不要任意超車，機車眞的是肉包鐵，出車禍總是死傷慘重，得不償失。

萬一眞的發生不幸，現在肇逃大家都覺得可惡至極，也請大家不要當這樣的人，出事了自然會緊張會慌亂，但是千萬不要忘記給自己深呼吸的時間，停下來，不要逃離現場。

總之依然希望大家都能平安，我一點都不喜歡每次辦活動前夕又聽見誰誰摔車不能來啊！（泣）

好啦，紅衣小女孩陪伴完大家了，接下來呢？都市傳說多樣豐富（咦？）寫起來眞開心，好多題材都能靈活運用，希望大家能夠在我的傳說裡徜徉喔！

再囉嗦一句，小說看了喜歡就好，千萬不要以身犯險喔！

最後，再次感謝購買本書的您，購書才是對作者對大的支持喔！愛你們喔！

笭菁2014.10.17

境外之城 046

都市傳說2：紅衣小女孩

作　　者／笭菁
企劃選書人／張世國
責 任 編 輯／張世國
業 務 經 理／李振東
業 務 企 劃／虞子嫺
行 銷 企 劃／周丹蘋
總　編　輯／楊秀眞
發　行　人／何飛鵬
法 律 顧 問／台英國際商務法律事務所　羅明通律師
出版／奇幻基地出版
城邦文化事業股份有限公司
台北市南港區昆陽街16號4樓
電話：(02)25007008　　傳眞：(02)25027676
網址：www.ffoundation.com.tw
e-mail：ffoundation@cite.com.tw
發行／英屬蓋曼群島商家庭傳媒股份有限公司城邦分公司
台北市南港區昆陽街16號8樓
書虫客服服務專線：(02)25007718・(02)25007719
24 小時傳眞服務：(02)25170999・(02)25001991
服務時間：週一至週五09:30-12:00・13:30-17:00
郵撥帳號：19863813　　戶名：書虫股份有限公司
讀者服務信箱 E-mail：service@readingclub.com.tw
歡迎光臨城邦讀書花園 網址：www.cite.com.tw
香港發行所／城邦（香港）出版集團有限公司
香港灣仔駱克道 193 號東超商業中心 1 樓
電話：(852) 2508-6231 傳眞：(852) 2578-9337
e-mail : hkcite@biznetvigator.com
馬新發行所／城邦（馬新）出版集團
【Cite(M)Sdn. Bhd.】
41, Jalan Radin Anum, Bandar Baru Sri Petaling,
57000 Kuala Lumpur, Malaysia.
電話：(603) 90578822　　傳眞：(603) 90576622
E-mail:cite@cite.com.my

封面內頁插畫／AFu
封面設計／邱弟工作室
排　　版／浩瀚電腦排版股份有限公司
印　　刷／高典印刷有限公司
■2014 年（民 103）10月28日初版一刷
■2024 年（民 113）5月3日初版 24 刷

售價／250元

國家圖書館出版品預行編目資料

都市傳說2：紅衣小女孩／笭菁著, -初版-台北市：奇幻基地出版；家庭傳媒城邦分公司發行；2014.11（民104.11）
面：公分. -（境外之城：46）

ISBN 978-986-5880-80-4（平裝）

857.7　　103018192

ISBN　978-986-5880-80-4
Printed in Taiwan.

廣　告　回　函
北區郵政管理登記證
台北廣字第000791號
郵資已付，免貼郵票

104台北市民生東路二段141號11樓

英屬蓋曼群島商家庭傳媒股份有限公司城邦分公司 收

請沿虛線對摺，謝謝

每個人都有一本奇幻文學的啓蒙書

奇幻基地官網：http://www.ffoundation.com.tw

奇幻基地粉絲團：http://www.facebook.com/ffoundation

書號：**1HO046**　　書名：都市傳說2：紅衣小女孩

奇幻戰隊好讀有禮集點贈獎活動

活動期間，購買奇幻基地作品，剪下封底折口的點數券，集到一定數量，寄回本公司，即可依點數多寡兌換獎品。

點數兌換獎品說明：

- 5點　奇幻戰隊好書袋一個
- 10點　2012年布蘭登‧山德森來台紀念T恤一件
  有S&M兩種尺寸，偏大，由奇幻基地自行判斷出貨
- 15點　【蕭青陽獨家設計】典藏限量精繡帆布書袋
  紅線或銀灰線繡於書袋上，顏色隨機出貨

兌換辦法：

2014年2月～2015年1月奇幻基地出版之作品中，剪下回函卡頁上之點數，集滿規定之點數，貼在右邊集點處，即可寄回兌換贈品。

【活動日期】：即日起至2015年1月31日

【兌換日期】：即日起至2015年3月31日（郵戳為憑）

其他說明：

* 請以正楷寫明收件人真實姓名、地址、電話與email，以便聯繫。若因字跡潦草，導致無法聯繫，視同棄權
* 兌換之贈品數量有限，若贈送完畢，將不另行通知，直接以其他等值商品代之
* 本活動限臺澎金馬地區讀者

【集點處】

1	6	11
2	7	12
3	8	13
4	9	14
5	10	15

（點數與回函卡皆影印無效）

為提供訂購、行銷、客戶管理或其他合於營業登記項目或章程所定業務之目的，英屬蓋曼群島商家庭傳媒(股)公司城邦分公司，於本集團之營運期間及地區內，將以電郵、傳真、電話、簡訊、郵寄或其他公告方式利用您提供之資料（資料類別：C001、C002、C003、C011等）。利用對象除本集團外，亦可能包括相關服務的協力機構。如您有依個資法第三條或其他需服務之處，得致電本公司客服中心電話(02)25007718請求協助。相關資料如為非必要項目，不提供亦不影響您的權益。

個人資料：

姓名：＿＿＿＿＿＿＿＿＿＿　性別：☐男 ☐女

地址：＿＿＿＿＿＿＿＿＿＿

電話：＿＿＿＿＿＿＿＿　email：＿＿＿＿＿＿＿＿

想對奇幻基地說的話：＿＿＿＿＿＿＿＿＿＿

＿＿＿＿＿＿＿＿＿＿

請剪下右側點數，貼於背面的集點處，集滿5點以上，即可寄回兌換抽獎